WITHDRAWN

Difícil de amar
S A N D R A   H Y A T T

D1506750

Harlequin

Editado por HARLEQUIN IBÉRICA, S.A.
Núñez de Balboa, 56
28001 Madrid

I.S.B.N.: 978-84-9010-272-5
Depósito legal: B-1515-2012
Editor responsable: Luis Pugni
Fotomecánica: M.T. Color & Diseño, S.L. Las Rozas (Madrid)
Impresión en Black print CPI (Barcelona)
Fecha impresion para Argentina: 24.9.12
Distribuidor exclusivo para España: LOGISTA
Distribuidor para México: CODIPLYRSA
Distribuidores para Argentina: interior, BERTRAN, S.A.C. Vélez
Sársfield, 1950. Cap. Fed./ Buenos Aires y Gran Buenos Aires,
VACCARO SÁNCHEZ y Cía, S.A.
Distribuidor para Chile: DISTRIBUIDORA ALFA, S.A.

Capítulo Uno

Esa vez había ido demasiado lejos.

Max Preston levantó la mirada del periódico que estaba leyendo, la fijó en el mar, que se veía a través de la ventana, y tomó una decisión.

Esta vez no le iba a permitir que ignorara sus llamadas, esta vez no lo iba a poder ignorar.

Al echar la silla hacia atrás para ponerse en pie, las patas rechinaron contra el suelo de madera del club de tenis. Tras dejar propina para la camarera, y sin haber tocado la tortilla que le había servido, le dio un trago al café y se fue.

Y pensar que hacía meses que no tenía un sábado libre.

Ya sabía él que algo tenía que surgir.

Max buscó en la agenda de su teléfono móvil mientras iba de camino al coche y encontró la dirección que necesitaba. Tiró el periodicucho sobre el asiento del copiloto y puso el Maserati en marcha.

La primera vez que había visto la fotografía y el artículo de Gillian Mitchell en el *Seaside Gazette*, se había dado cuenta de que estaba en Vista del Mar y había sentido un inesperado relámpago de placer y triunfo, algo parecido a lo que le sucedía cuando encontraba algo que no sabía que había perdido. Por ejemplo, un billete de cien dólares olvidado en el bolsillo de un abrigo.

Pero aquello había sido mejor.

Sin embargo, en cuanto leyó el primer párrafo, se evaporó aquella sensación.

Desde entonces, había intentado tomarse su presencia y sus artículos con objetividad profesional, pero era obvio que ella no estaba haciendo lo mismo. Sus ataques a Empresas Cameron y, sobre todo, a Rafe Cameron, que era el jefe de Max, no eran objetivos. Se lo podían parecer a un lector poco informado, pero Max sabía que iban directamente dirigidos contra él.

Al tirar el periódico, la publicación había quedado del lado en el que aparecía el artículo y la fotografía de Gillian. En el primer semáforo rojo, Max le dio la vuelta para no tener que seguir viéndolo.

En aquel momento, le sonó el teléfono.

—¿Lo has visto? —le preguntó Rafe sin preámbulos.

—Me estoy ocupando de ello ahora mismo —contestó Max.

Al ser director de relaciones públicas de Empresas Cameron, Max debía calmar las aguas para que los habitantes de Vista del Mar vieran con buenos ojos la compra de Industrias Worth, un fabricante de microchips y una de las empresas más potentes de la ciudad, por parte de Empresas Cameron. Y, por lo que parecía, Gillian estaba haciendo todo lo que podía para conseguir lo contrario.

–¿Es difamación? –le preguntó Rafe.

–Casi –contestó Max–. Estoy yendo ahora mismo a su casa para dejarle claro que nuestros abogados van a examinar este artículo, todo lo que ha escrito sobre nosotros hasta la fecha y todo lo que escriba a partir de ahora.

–Bien –dijo Rafe colgando.

Max solía respetar la tenacidad de Gillian, pero, cuando su jefe se había convertido en el blanco repetido de sus ataques, había empezado a ver esa tenacidad como intransigencia y rencor.

Porque Gillian y él tenían historia.

Sin embargo, Max tenía buenos recuerdos de la relación de ambos y creía que habían acabado bien. La ruptura se había producido cuando Gillian había mencionado, a los seis meses de estar juntos, las palabras «matrimonio» e «hijos» en la misma conversación. Entonces, Max había visto claro que había llegado el momento de acabar con lo que había entre ellos porque no tenía ninguna intención ni de casarse ni de tener hijos.

Y seguía sin tenerla.

Así que había roto con ella allí mismo y en ese mismo momento. Le había parecido lo más honesto por su parte. Y Gillian se lo había tomado bien porque no había montado ningún melodrama. Le había dicho que tenían formas diferentes de ver la vida y que buscaban cosas distintas en una relación y se había despedido sin mirar atrás.

Desde entonces, hacía tres años y medio, no había vuelto a saber nada de ella. Hasta que habían

empezado a aparecer sus artículos. Max se plantea-
ba ahora que, tal vez, no se había tomado la ruptura tan bien como él había creído. ¿Habría estado
todo aquel tiempo preparando la venganza?

Durante los diez minutos que tardó en llegar a
la casa de estilo colonial que Gillian tenía en la playa, Max tuvo tiempo de calmarse y ahora se encontraba molesto en lugar de furioso.

Podía con ella perfectamente.

Además, para ser completamente sincero consigo mismo, sentía curiosidad. Se lo habían pasado
bien juntos. ¿Estaría igual? ¿Seguiría teniendo
aquellos ojos tan verdes?

Max se acercó a la puerta, llamó y esperó justo
delante del cristal que había junto a la puerta, para
que lo viera bien. Mientras esperaba, oyó la música
rock que tanto solía gustarle a Gillian y se la imaginó bailando.

La música se paró.

Desde donde estaba, veía un coche tipo ranchera y se preguntó qué habría sido del deportivo que
tenía antes. ¿Se habría casado, como era su deseo?
Max se quedó pensativo. Seguía llevando el mismo
apellido, pero eso no quería decir nada.

Bueno, daba igual. A él lo único que le incum-
bía de la vida de Gillian era el artículo que había
escrito.

En aquel momento, se abrió la puerta.

Durante unos segundos, mientras se miraban, a
Max se le olvidó qué hacía allí, para qué había ido.
El sol se reflejaba en el pelo castaño de Gillian y

confería a su piel una apariencia de porcelana. Qué conocida se le hacía y qué distante a la vez.

–¿Max? –dijo ella parpadeando–. ¿Qué haces aquí?

Sus palabras, la sorpresa y la obvia reticencia hicieron que el mundo que le rodeaba volviera a la normalidad.

–Tenemos que hablar.

–Si quieres hablar conmigo, llámame por teléfono –le dijo ella cerrando la puerta.

Pero Max puso el pie para que no lo consiguiera.

–Quiero verte ahora. Te llamé la semana pasada y no me hiciste ni caso. Esto es lo que pasa cuando no me devuelves las llamadas.

–Te iba a llamar el lunes. Podemos quedar la semana que viene. Te veré durante el horario de trabajo.

Seguía teniendo los mismos ojos verdes, pero la expresión que vio en ellos era diferente. A lo mejor estaba a la defensiva, precisamente, por lo que había escrito.

–¿Y desde cuándo tienes tú un horario de trabajo?

–Desde… –contestó Gillian, mirándolo de una manera que Max no supo interpretar–. Desde que me di cuenta de que el trabajo no lo es todo. Eso quiere decir que mis fines de semana son sagrados. Me gusta descansar y dedicarme a… otras cosas. Por si todavía no te ha quedado claro, no eres bienvenido.

Max se quedó donde estaba. La recordaba como una mujer directa, pero había algo más, estaba a la defensiva, algo pasaba, y decidió aprovecharlo.

–No eres tú la única que valora sus fines de semana, así que déjame pasar, hablamos, arreglamos las cosas y me voy. No me pienso ir hasta que no hayamos hablado.

Gillian miró el reloj y volvió la cabeza hacia el interior de su casa.

–Tienes cinco minutos –le dijo, abriendo la puerta para dejarlo entrar.

A Max le pareció bien.

–Con cinco minutos me basta para hacerte entrar en razón –contestó entrando y mirándola más de cerca.

Llevaba una camiseta blanca que abrazaba sus pechos y ponía de manifiesto, porque se le transparentaban los pezones, que no llevaba sujetador. Max sintió que le faltaba el aire y temió desviarse del asunto al que había venido. Entonces, se le ocurrió que, tal vez, no había sido muy buena idea presentarse por sorpresa en su casa a primera hora de la mañana.

Para rematar la escena, llevaba unos pantalones de yoga de talle bajo que envolvían sus caderas e iba descalza, así que Max supuso que no hacía mucho que se había levantado. Se dijo inmediatamente que no debía permitir que sus pensamientos tomaran esos derroteros porque juntar las palabras «Gillian» y «cama» era muy peligroso.

Aunque seguía estando delgada, tenía más curvas que antes. Su cuerpo tenía una nueva cualidad, una suavidad nueva, que, desde luego, faltaba en su rostro.

Gillian se mordió el labio inferior, algo que Max solamente le había visto hacer cuando estaba nerviosa. A continuación, le señaló una estancia que había a la derecha del recibidor de la entrada. Mientras Max entraba en el salón que le había indicado, ella le tapó la vista del resto de la casa.

¿Cómo podía resultar tan rígida y tan tentadora a la vez?

Había un sofá y dos butacas tapizadas con tela de flores que parecían muy cómodas. Estaban situadas frente a una mesa baja sobre la que había un florero con lirios. El ventanal daba a un jardín privado lleno de palmeras.

–Siéntate –le dijo indicándole una de las butacas–. Ahora mismo vuelvo –añadió yendo hacia la puerta.

–Una cosa.

Gillian dudó.

–¿Estás casada? –le preguntó Max sin saber por qué.

–No.

Max se preguntó por qué se sentía aliviado por su contestación. No tenía derecho, pero así era. En cualquier caso, se recordó que había ido a verla por trabajo y nada más.

Gillian se giró y Max tuvo que hacer un gran esfuerzo para apartar la mirada del vaivén de sus caderas. Una vez a solas, miró a su alrededor. El salón estaba amueblado de manera un poco antigua y parecía demasiado ordenado. La Gillian que él recordaba solía tener periódicos, revistas y libros a medio leer por todas partes.

Por lo visto, había cambiado o, como decía su abuela, aquel salón no era la sala donde hacía la vida. Era cierto que allí no había equipo de música ni olía a café.

Max dejó el periódico sobre la mesa de manera que el artículo de Gillian quedara hacia arriba para recordarse el propósito de su visita y dejar de especular sobre la vida que llevaría ahora su autora.

Tal y como había dicho, Gillian volvió enseguida y volvió a cerrar la puerta con cuidado, como había hecho al irse. Se había cambiado de ropa y ahora lucía unos pantalones con bolsillos y una camiseta de algodón verde caqui. ¡Y sujetador! Se había recogido el pelo en una cola de caballo y tenía la apariencia de una de aquellas heroínas de los videojuegos a los que solían jugar juntos.

¡Preparada para el combate!

—El artículo de esta mañana —comenzó Max listo para luchar también.

Debía concentrarse en lo que le había llevado allí y dejar de pensar en cómo sería la vida de Gillian ahora, qué habría hecho en los últimos tres años y medio y preguntarse si aceptaría salir a cenar con él aquella noche.

«No, ni se te ocurra», se dijo.

Ya se había equivocado una vez creyendo que

Gillian no quería una relación seria ni casarse con él y había aprendido de su error.

Gillian estaba sentada en el brazo de la otra butaca y lo miraba muy seria. Aunque sus intereses en aquel asunto eran opuestos, Max estaba disfrutando al verla.

–Es difamatorio y calumnioso –le advirtió.

–No –contestó ella sonriendo–. Es un artículo de opinión y las opiniones que vierto en él están refutadas por hechos.

–¿Según tú decir que Rafe Cameron fue un adolescente de mal carácter que se ha convertido en un hombre de mal carácter que machaca a conciencia a los demás no es una calumnia sino un hecho?

–Eso no lo digo yo, lo dice otra persona.

–¿Alguien que lo conoce? ¿Es alguien de verdad?

–Por supuesto –contestó Gillian–. Tan de verdad como lo fue en su día Emma Worth.

Max apretó los dientes y Gillian se alegró de que lo hiciera. Emma Worth era hija de Ronald, fundador de Industrias Worth y un hombre muy respetado en la ciudad. Hacía dos meses, Gillian la había entrevistado y todo el mundo había leído la entrevista y la había creído a pie juntillas. Desde entonces, Max había tenido que hacer esfuerzos titánicos para devolver la atención a lo positivo que estaba teniendo la presencia de Rafe por allí, destacando lo que invertía en ayudas sociales. Por ejemplo, el programa La Esperanza de Hannah, que se dedicaba a enseñar a leer y a escribir a empleados inmigrantes.

Además, había conseguido involucrar a Rafe y a su hermanastro Chase para que Ward Millar, la súper estrella de la música, participara en el programa y los habitantes de Vista del Mar estaban encantados con aquello, por lo que estaba intentando traer a otros cantantes, pero los famosos tenían mucho cuidado de con quién se relacionaban.

Gillian y sus opiniones podían hacer que algunos se le echaran atrás.

–Emma insistió en que mencionara su nombre para dar veracidad a sus comentarios, pero la persona que he citado en el artículo de hoy ha preferido permanecer en el anonimato y a mí me ha parecido bien, pero eso no quiere decir que no tenga ejemplos verídicos para respaldar sus opiniones.

Max se reclinó en la butaca y se quedó mirándola, observando lo segura de sí misma que estaba.

–Te la estás jugando, Gillian. Nuestros abogados van a mirar con lupa todo lo que has escrito hasta el momento.

–Que miren lo que quieran –le contestó ella elevando el mentón en actitud desafiante.

Max se sorprendió a sí mismo estudiándola, fijándose en su pelo, su piel, su figura y sus ojos, y recordando lo mucho que le había gustado aquella mujer. Claro que siempre había preferido sus ojos, la inteligencia y la pasión que había en ellos, eso era lo que más le habían llamado la atención, desde el principio.

Pero ahora no debía dejarse llevar por esos ojos y esa mirada, aunque era cierto que lo estaban tentando, provocando. Desde luego, Gillian seguía siendo guapa y nunca había conocido otra mujer como ella.

Max se dijo que debía concentrarse en el artículo inmediatamente.

—Estás sembrando incertidumbre, miedo y rabia y no hace falta hacerlo. Empresas Cameron está invirtiendo mucho recursos en La Esperanza de Hannah y en la próxima gala con la idea de favorecer a la comunidad. La beneficencia puede hacer mucho bien por la ciudad, pero no será así si tú te dedicas a asustar a la gente.

Max obvió adrede que la compra de Industrias Worth que había hecho Rafe Cameron sería a la larga algo bueno para la comunidad, y tampoco mencionó que Rafe apoyaba las causas benéficas para mejorar la imagen pública de su empresa hasta que hubiera conseguido los planes que tenía para el futuro.

Rafe podía decidir cambiar esos planes en cualquier momento.

—La gente tiene derecho a opinar y la gente de por aquí haría muy bien en hacer caso de las opiniones que recojo en mi artículo —comentó Gillian—. Los habitantes de Vista del Mar deben desconfiar, deben enfadarse, no deben creer en el buen corazón de Rafe Cameron.

–Me parece a mí que estás dejando que tu animosidad personal influya en tu buen juicio profesional –comentó Max, aunque Gillian tuviera razón.

–No hay nada personal en este asunto –le aseguró Gillian sorprendida.

–¿De verdad no estás haciendo todo esto para vengarte de mí?

Gillian se rió.

–Eres un iluso, Max.

–¿De verdad?

–Sí. Yo escribo lo que veo. Me gusta sugerir determinadas preguntas que los habitantes de Vista del Mar deberían hacer a tu querido señor Cameron. En eso consiste mi trabajo… aunque al director de relaciones públicas del señor Cameron no le guste.

–De la misma forma, si nuestros abogados quisieran hacerte ciertas preguntas a ti y a los propietarios del periódico para el que trabajas, estarían haciendo su trabajo.

–Cuento con el absoluto respaldo de los propietarios del periódico.

–A ninguno nos gusta que nos demanden –insistió Max–. Lo único que tienes que hacer es dejar de escribir esos artículos tan agresivos y provocadores. Limítate a escribir sobre la verdad y los hechos.

–¿Me estás amenazando? –le preguntó Gillian ladeando la cabeza.

–No, solo te estoy advirtiendo de a lo que te enfrentas –contestó Max.

–¿Es que acaso no me conoces de nada? ¿Te crees que amenazándome, porque lo que acabas de hacer es amenazarme, vas a conseguir que deje de informar a la gente? ¿Crees que voy a dejar a un lado mi deber?

–Intento ayudarte. Quiero que comprendas que Rafe Cameron no permite que nadie se inmiscuya en sus asuntos. Cuando quiere algo, lo consigue, sin más –contestó Max, rezando para que le hiciera caso.

–¿Puedo decir que eso lo has dicho tú?

–No, he venido a verte en calidad de… viejo amigo –contestó Max–. Sin embargo, puedo conseguirte todas las citas que necesites. Te puedo conseguir incluso una entrevista con Rafe.

Gillian sonrió ampliamente y Max tuvo la sensación de que la estancia entera se iluminaba.

–¿Para qué? ¿Para obtener los mismos datos que vas a dar en tu próxima rueda de prensa o la información descafeinada que soléis hacer pública en vuestros comunicados, como la que me llegó la semana pasada ensalzando a La Esperanza de Hannah y la gala?

Eso era exactamente lo que Max tenía en mente, pero no lo dijo.

–Como si no fuera obvio que…

Un sonido sordo como de algo que caía al suelo hizo que Gillian se interrumpiera y se pusiera seria de nuevo.

–Se te acabó el tiempo –sentenció consultando el reloj–. Ya está todo dicho. Pensaré en lo que hemos hablado, te lo aseguro –le prometió en tono repentinamente conciliador–. Ahora vete, por favor –añadió, poniéndose en pie y abriéndole la puerta.

Max se levantó lentamente. Algo la había desequilibrado, algo había vuelto a dibujar en su rostro aquella expresión de miedo. Era obvio que estaba ansiosa por que se fuera. Max salió al recibidor. Gillian ya lo estaba esperando con la puerta de la calle abierta. Al verlo acercarse, sonrió y la abrió completamente.

–No tiene por qué ser así, Gillian.

–¿Cómo que no? Yo hago mi trabajo como me da la gana.

–No me refería al trabajo sino a nosotros… personalmente. Fuimos rivales y, aun así, nos entendimos…

–Y aprendí la lección, te lo aseguro. Desde entonces, no mezclo nunca lo personal con lo profesional. Por favor, vete –insistió tomándolo del brazo para urgirlo a abandonar su casa.

Max no se movió. Tanta desesperación por parte de Gillian había disparado su curiosidad. Allí pasaba algo. ¿Habría un hombre en la casa y no querría que lo viera?

En aquel momento, se volvió a oír otro sonido sordo y Max miró hacia el interior de la casa.

–Max –insistió Gillian apretándole el brazo–. Vete.

Max se rindió y dio un paso al frente. Le daba igual. No era asunto suyo lo que Gillian quisiera esconder ni quería sacarla de sus casillas quedándose más tiempo ni, sobre todo, quería sentir lo que su mano en el brazo le estaba produciendo.

–Mamá –dijo una voz infantil.

Gillian le soltó el brazo.

–¿Mamá? –se sorprendió Max.

Gillian cerró los ojos y dejó caer los hombros. Max comprendió de repente. Todas las piezas encajaban. Su cuerpo con más curvas, las prisas que tenía por deshacerse de él. De repente, todo tenía sentido. Aunque no se hubiera casado, desde luego, no había tardado mucho en encontrarle sustituto en la cama, en encontrar a otro hombre que le diera el hijo del que había hablado.

–¿Cuándo nació? –quiso saber.

Max no era experto en niños, pero aquél hablaba, así que debía de andar por los tres años.

–Vete, por favor –contestó Gillian mirándolo con resignación–. Tenemos que hablar, pero ahora no es el momento ni el lugar.

–Muy bien –contestó Max deseoso de irse, porque no se entendía bien con los niños.

–Mamá.

Dejándose llevar por la curiosidad de saber cómo era el hijo de Gillian, se giró hacia la vocecilla y se encontró con un pequeño de rizos negros que sostenía una mantita azul cielo.

–Tengo hambre.

Aquel niño era el vivo retrato de Max y de su hermano con dos años en aquella fotografía que sus padres seguían teniendo en el salón de su casa.

Max sintió que la sorpresa lo paralizaba, pero acertó a mirar a Gillian, que había palidecido por completo.

–¿Mamá? –repitió mirándola a los ojos–. ¿Mamá? –repitió una tercera vez, porque no se lo podía creer.

Sabía que el niño era hijo de Gillian y que se parecía increíblemente a él, así que no hacía falta ser un genio para darse cuenta de que el niño era también suyo.

–Sí, mi vida, espérame en la cocina, que ahora voy –dijo Gillian.

El niño miró al desconocido durante unos segundos interminables y se fue.

Max sintió que el peso de la traición caía sobre él. Y pensar que había creído que Gillian estaba nerviosa por lo que había escrito. Llevaba tres años y medio engañándolo.

–¿Podríamos hablar de esto más tarde? –le preguntó Gillian sin atreverse a mirarlo a los ojos y tragando saliva, consciente de que Max no se iba a ir.

Max agarró la puerta y la cerró.

Estaba furioso de nuevo. Así lo sintió mientras la seguía a la cocina. Estaba furioso y sorprendido. No sabía lidiar con la sorpresa y no podía dejar salir la furia porque había un niño.

Un niño que era su hijo.

Capítulo Dos

Gillian sintió que el estómago se le ponía del revés. ¿Qué iba a suceder? Solo sabía una cosa: que Max había reconocido a Ethan.

La burbuja que con tanto esmero había protegido estaba a punto de estallar. Siguió a Ethan a la cocina. Oía los pasos de Max detrás de ella y sus pisadas le parecían golpes de martillo. Sin embargo, a pesar de los nervios, reconoció cierto alivio y pensó que ese debía de ser el alivio que sentía el condenado a muerte cuando lo conducían al patíbulo, sabiendo que lo inevitable ya está cerca y es irremediable.

Sabía que Max era director de relaciones públicas de Empresas Cameron, sabía que, por tanto, sus artículos podían hacer que se volvieran a ver y que, quizás, hubiera llegado el momento de hablarle de Ethan.

Pero no había previsto que aquello sucediera en su casa. Aquella posibilidad nunca se le había pasado por la cabeza. Hubiera preferido haber tenido tiempo para preparar a Max para el encuentro.

Gillian se paró en el centro de la cocina mientras observaba cómo Ethan se subía a su trona.

Aquel mueble ponía de manifiesto que en aquella casa vivía un niño. Por eso, no había llevado a Max allí.

Sobre la mesa reposaba una taza de café a medio beber, la suya, y el mismo periódico que había llevado a Max hasta allí, doblado por el crucigrama, lo que le recordó que hacía diez minutos el mayor problema que tenía en la vida era encontrar una palabra de once letras que fuera sinónimo de incidente.

Hacía diez minutos, tenía el día por delante, un sábado relajado y tranquilo.

Necesitaba moverse, hacer algo, así que les dio la espalda a Max y a Ethan y sirvió un cuenco de cereales para su hijo. Mientras cortaba un plátano, se dio cuenta de que le temblaban las manos. Tras añadir leche, se volvió.

Max se había sentado en la silla que ella había ocupado anteriormente, enfrente de Ethan. Se estaban mirando el uno al otro fijamente. Dos pares de ojos azules exactamente iguales. La curiosidad manaba a partes iguales por ambos lados. Ethan solía mirar a la gente con descaro. Ahora comprendía Gillian de dónde había sacado aquella capacidad.

Gillian dejó el cuenco de cereales delante del niño. Al hacerlo, la leche se derramó por un lado, lo que hizo que apretara los puños y se clavara las uñas en las palmas de las manos. Tenía que tranquilizarse. Tenía que controlarse ella y controlar la situación.

Ethan decidió que ya había mirado suficiente al desconocido, así que, agarró la cuchara y comenzó a desayunar. Gillian limpió la leche que se había tirado con una bayeta y Max... se limitó a observar atentamente.

No había abierto la boca todavía y, aunque su silencio a Ethan le diera igual, a su madre la estaba sacando de quicio.

–¿Quieres un café?

Max negó con la cabeza.

Gillian era consciente de que su hijo se parecía al padre, pero, ahora que los veía juntos, el parecido se le antojó más flagrante que nunca. Era tan obvio que...

Verlos juntos era lo que más temía y más deseaba en el mundo.

–¿Cómo te llamas? –le preguntó Ethan al desconocido.

–Éste es el señor Preston –contestó Gillian antes de que a Max le diera tiempo de contestar algo confuso o sorprendente, porque había tenido la sensación de que aquel hombre que no quería tener hijos y no quería casarse había estado a punto de contestar «papá».

–Pweston.

–Ya encontraremos una manera más fácil para que me puedas llamar –contestó Max mirando con frialdad a Gillian–. ¿Y tú cómo te llamas?

–Ethan y voy a cumplir tres años. ¿Cuántos años tienes tú?

Max enarcó las cejas. No estaba acostumbrado a

las preguntas tan directas de los niños. Normalmente, el que hacía las preguntas era él. Aquello lo hizo sonreír.

–Tengo treinta y dos años, casi treinta y tres –contestó mirando a Ethan–. Eso quiere decir que tenía treinta cuando tú naciste –añadió mirando a Gillian.

Aquí no. Ahora no. No es el momento. Ella intentó mandarle aquel mensaje telepáticamente. No delante de Ethan.

–El cumpleaños de Ethan es el mismo día que el tuyo –comentó.

Max dio un respingo.

–¿Quieres ver mi tren? –le preguntó el pequeño.

–Sí, claro que sí –contestó Max, que parecía muy tranquilo.

A continuación, el niño se puso en pie y padre e hijo abandonaron la mesa. Ethan precedió a Max hacia su habitación. Max se quitó la cazadora de cuero y acompasó su paso al del niño. A Gillian no le apetecía nada ir con ellos, pero sabía que debía hacerlo. Por el bien de Ethan, por si a Max se le ocurría decir algo.

Aunque estaba actuando con tranquilidad, estaba blanco de rabia. Claro que Gillian sabía que el enfado era para con ella. No creía que fuera a ser capaz de mostrar su enfado delante de Ethan. No en vano se le daba tan bien esconder sus emociones.

Así que los siguió y permaneció veinte minutos

en la puerta de la habitación de Ethan, viendo a Max tumbado en el suelo jugando con los trenecitos de su hijo. Aquello era tan surrealista como si fuera James Bond quien estuviera con la camisa remangada tumbado en el suelo de la habitación. Max dejó que Ethan le diera órdenes, lo que no le debía de resultar nada normal, para colocar los vagones y la locomotora y hacerlos avanzar por la vía de plástico azul.

Max aceptó humildemente el consejo de Ethan, el experto en trenes, de cómo debía hacer el sonido correctamente con la boca, de cómo se llamaban los trenes y qué pasaba cuando había un descarrilamiento.

Gillian creyó que se le iba a partir el corazón. La imagen era enternecedora

Y ella que había creído que había hecho lo correcto.

Estaba completamente segura. Había hecho lo mejor para todos, para Max porque no quería formar una familia; para Ethan porque se merecía algo mejor que un padre que no lo quisiera; y para ella porque no quería atrapar, ni sentirse atrapada, por un hombre que no la quería, que no compartía sus sentimientos y que siempre pondría por delante su carrera profesional ante cualquier otra cosa en la vida y que, por tanto, acabaría rechazándolos a ella y a su hijo.

Siempre había creído que sería capaz de darle a Ethan todo lo que necesitara. Sin necesidad de un padre.

¿Pero ahora? Ya no estaba tan segura.

Max la miró por primera vez desde que habían entrado en la habitación. La luz, la ternura y el placer que reflejaban sus ojos se tornó dureza y frialdad.

–¿Estás bien aquí, hijo? –le preguntó a Ethan poniéndose en pie–. Voy a hablar un momento con mamá.

¿Hijo? Gillian sintió que se le congelaba la sangre en las venas. Muchos hombres antes que Max habían llamado «hijo» a Ethan. Eso no quería decir nada… a pesar de que él fuera el único hombre para quien aquella palabra podía tener un significado completamente real.

–Mmm –contestó el pequeño sin apartar la mirada del tren con el que estaba jugando.

No había preguntado nunca por su padre. Todavía. Gillian sabía que algún día lo haría, pero esperaba que aquel día tardara en llegar.

Gillian sintió pánico. Sabía que Max se había enfadado, pero, ¿y si quería tomar responsabilidades ahora que sabía de la existencia de Ethan? ¿Y si quería quitárselo, arrebatárselo, separarlo de ella? Por cómo era y por su profesión, Max siempre elegía bien sus palabras.

No, no podía ser.

Max la agarró y la metió en la cocina. Vaya, seguía usando la misma colonia. Eternity. Siempre que la olía, pensaba en él. Aquello la tranquilizó. Max era hombre de costumbres. Seguro que seguía sin querer tener hijos.

Aun así, a Gillian le temblaban las piernas y el pulso, así que se sentó a la mesa de la cocina. Mientras Max se paseaba furioso de un lado a otro por la estancia, ella se decidió a pasar la yema de los dedos por una raya que había en la mesa de madera.

Max siempre había sido un hombre apasionado. Le apasionaba su profesión, su vida y, en algún momento, también le había apasionado ella. Gillian recordaba perfectamente cómo había sido hacer el amor con él.

Pero ahora aquella pasión se había tornado ira. El hecho de que todavía no la hubiera dejado salir demostraba lo fuerte que era. Gillian se dijo que, si le pedía derechos de visita, se los concedería, pero solamente si se comprometía a que fuera para siempre.

Gillian se pasó los dedos por el pelo. Max seguía deambulando furioso por la cocina. Gillian hubiera preferido que le hablara, que le dijera algo y que dejara de pasear. Al cabo de un rato, Max dejó de andar y se paró.

—Es mi hijo.

Fue lo único que dijo.

—¿Cómo has podido?

Gillian levantó la mirada hacia él, pero Max estaba girado de espaldas, mirando por la ventana que había sobre el fregadero.

En completo silencio.

—Creí que era lo mejor —contestó Gillian.

—¿Lo mejor? —ladró Max volviéndose hacia ella.

Gillian se forzó a sostenerle la mirada.

–No querías tener hijos. Me dejaste porque se me ocurrió hablar del tema una vez.

–¿Estabas embarazada cuando lo mencionaste?

–Sí.

–¿Cómo pudo ser?

–¿Te acuerdas que hubo una semana que los dos tuvimos gastroenteritis?

–Sí, yo me enfermé en Boston en un viaje de trabajo y, al volver, te la pasé a ti.

–No se me ocurrió que fuera para tanto, pero interfirió con los efectos de la píldora y me quedé embarazada.

–Y no me... –dijo Max, girándose de nuevo hacia la ventana–. Soy el padre de ese niño...

Se hizo el silencio de nuevo.

–Se llama Ethan.

Max se acercó a la mesa, plantó los puños en ella y se quedó mirándola a pocos centímetros de distancia, pero Gillian no permitió que aquel despliegue la intimidara.

–Soy el padre de Ethan –repitió con una calma letal mientras una vena le latía aceleradamente en la sien–. ¿Y no has pensado ni una sola vez que tenía derecho a saberlo?

Gillian lo había pensado muchas veces, pero el sentido común siempre le había hecho no dar el paso.

–¿Eres mi papá?

Gillian sintió repentinamente que el corazón se le caía a los pies.

Max la miró como pidiéndole permiso y ella negó con la cabeza.

–Ahora no –murmuró.

–¿Y cuándo? –contestó él sentándose para estar a la altura de Ethan–. Sí, soy tu papá.

Gillian se quedó mirando a su hijo para ver cómo reaccionaba. Ethan frunció el ceño, se quedó mirando a Max y sonrió.

–Ven a jugar –le dijo.

Max miró de nuevo a Gillian.

–¿Y si te pongo tu película preferida? –le preguntó ella al niño–. La de los trenes –añadió poniéndose de pie.

–De acuerdo –contestó el pequeño volviendo a su habitación.

Cuando volvió, encontró a Max exactamente en el mismo lugar en el que lo había dejado, sentado en la silla, con los antebrazos apoyados en los muslos y mirando fijamente hacia la puerta.

–¿Tenías que decírselo? –le preguntó.

–No lo iba a dejar en tus manos –contestó él mirándola–. Tiene derecho a saberlo antes de los dieciocho.

–Nunca ha preguntado.

–Bueno, pues ahora ha preguntado y se lo he dicho. Así no tendrá que llamarme Pweston –añadió sonriendo levemente–. Podrá llamarme papá. Tenía derecho a saberlo. ¿Qué querías, que me fuera a buscar un día, dentro de veinte años, preguntándome en tono acusador por qué había crecido sin padre?

–Tú no querías tener hijos.

–Tampoco quería formar parte de un jurado popular y me tocó el año pasado y lo hice y salió muy bien.

–Ethan se merece algo más que un padre que está ahí porque no le queda más remedio.

–Es mejor tener un padre así que no tener padre.

–¿De verdad? A mí no me lo parece –contestó Gillian con seguridad.

Había sufrido en sus propias carnes la presencia de un padre que, evidentemente, no quería estar donde estaba. Al final, cuando acabó yéndose, le costó varios años comprender que su actitud, sus acciones y su reticencia a estar con ella no se debían a que ella no se lo mereciera, pero el hecho de que su padre la hubiera rechazado la había hecho ser como era.

–Tener una familia es importante. Se supone que todos necesitamos un padre y una madre.

–Sí, pero solamente si ese padre y esa madre quieren estar ahí por voluntad propia. Solamente si ninguno de ellos rechaza al niño.

Max se quedó mirándola pensativo.

–Tenía derecho a saberlo y tú me lo negaste. Me has robado dos años y diez meses de la vida de mi hijo.

Gillian no dijo nada. Había tomado la mejor decisión que había podido tomar con la información que tenía en el momento de tomarla. Esa información incluía el dato de que Max no quería una relación para siempre. No quería una relación duradera y, desde luego, no quería un hijo. Lo había dejado claro en su día.

Aunque se había sentido muy sola durante aquellos años, también habían sido los mejores de su vida. Había visto crecer a su hijo, había observado cómo se iba desarrollando su personalidad. Había sido testigo de cada día de la vida del pequeño. Había sido un privilegio y una delicia y sí, era cierto que le había negado a Max el poder disfrutarlo también.

Sí, le había negado aquel disfrute al adicto al trabajo de Max Preston, que no tenía espacio ni tiempo en su vida para un hijo, a Max Preston, que había dejado claro que no quería ser padre. Pero que muy claro.

Pero aquel mismo Max Preston se había pasado media hora tirado en el suelo jugando a los trenecitos con su hijo.

A Gillian le entraron ganas de llorar.

–Si me hubieras llamado una vez, una sola vez… después de que lo dejáramos…

Max negó con la cabeza.

–No te atrevas a echarme la culpa encima –le advirtió.

–No te estoy echando la culpa, es que…

Max se puso en pie y fue hacia la ventana.

–Esto lo cambia todo –anunció–. Haz las maletas –sentenció girándose hacia ella.

–¿Cómo?

–Que hagas las maletas. Mi hijo me va a conocer. Va a crecer con su padre formando parte de su familia, así que haz las maletas.

—No entiendo nada —contestó Gillian—. No entiendo lo que me dices.

—Te estoy diciendo que nos vamos a casar.

Capítulo Tres

¿Casarse?

Debía de haberle oído mal.

Nunca se le había dado bien leer en las expresiones faciales de Max, pero era obvio que estaba muy serio y aquello la aterrorizó, pero Gillian decidió que no era el mejor momento para dejar ver ese miedo.

Max había cambiado, ya no era el hombre que había conocido.

—Puede que te deba algo —comentó asombrosamente calmada a pesar de que sentía que el mundo se había vuelto loco.

—Pues claro que sí —contestó Max.

—Sí, puede que tengamos que dilucidar algo, pero…

—No hay «puedes» ni «peros» que valgan. En cualquier caso, yo ya he dilucidado lo que vamos a hacer…

Gillian recordaba perfectamente lo decidido que era Max. Le gustaba su confianza en sí mismo y la decisión y seguridad con la que llevaba a cabo las cosas, pero lo que necesitaba en aquellos momentos de él no era eso precisamente, era compromiso y negociación.

Bueno, parecía que le iba a tocar a ella ser la parte razonable.

Seguro que Max entraba en razón.

Tenía que entrar en razón.

Gillian se puso en pie y se acercó a él. No demasiado, porque la ira que irradiaba la detuvo. Aun así, sabía que Max era un hombre razonable. En el tiempo en que estuvieron juntos había visto destellos de su lado cariñoso, lo que la había enamorado.

—Puedes venir a ver a Ethan siempre que quieras. No pienso oponerme a que te lo lleves los fines de semana. Al principio, podemos quedar los tres para que esté tranquilo, pero, en cuanto te vaya conociendo...

—No te quieres enterar —la interrumpió Max poniéndose en pie y acercándose a ella con su metro noventa—. Ya me he perdido dos años y diez meses de la vida de mi hijo. No pienso conformarme con los fines de semana, pero voy a ser razonable.

Gillian cruzó los dedos.

—Tienes dos opciones: te vienes ahora mismo conmigo a Las Vegas y nos casamos, de forma que Ethan tenga un padre y una madre —le explicó mirándola con frialdad—. No te preocupes, no pretendo consumar el matrimonio. Lo que una vez sentí por ti hace tiempo que murió —sentenció.

Gillian ni parpadeó, no demostró ninguna reacción.

—¿Y la segunda opción que tengo cuál es?

—Vernos en los tribunales —contestó Max—. Y te

garantizo que, entonces, serás tú la que pedirás los fines de semana.

Gillian sintió que cualquier esperanza que había albergado hasta el momento se evaporaba.

–No lo harías –balbuceó–. No me lo quitarías.

–No me pongas a prueba, Gillian. Tú no has tenido reparo en quitármelo a mí.

Gillian sintió un frío helado por todo el cuerpo. Sí, sí lo haría. Aquel hombre no tenía escrúpulos, estaba furioso y tenía mucho dinero.

Ella disponía del sueldo del periódico y siempre podría vender aquella casa que había heredado de su abuela, pero a duras penas podría aguantar el chaparrón. Max era rico porque su familia lo era y seguro que no tendría reparo en invertir millones en salirse con la suya.

No había escapatoria.

Max se sacó el teléfono móvil del bolsillo.

–Voy a llamar a mi abogado. Tú verás qué quieres que le diga, que interpongan una demanda de custodia o que redacten un acuerdo prenupcial y que nos lo manden por fax a mi avión mientras volamos a Las Vegas.

Gillian se quedó mirándolo y Max le aguantó la mirada.

–Ya sabes lo que te voy a decir.

Max sonrió.

–Haz las maletas mientras yo hablo por teléfono –dijo satisfecho–. Nos vamos en diez minutos y volveremos mañana.

–De eso, nada.

–¿Ya has cambiado de opinión?

–Es obvio por qué nunca has querido tener hijos. No sabes de qué va esto. En diez minutos es imposible preparar las cosas que necesita Ethan para un día. En diez minutos puedo hacer mi equipaje, pero no el suyo. Ethan necesita comida, música, cuentos, juguetes, ropa y su mantita. Además, yo estoy sin ducharme. Necesito, por lo menos, una hora.

–Tienes media. Ya compraremos lo que necesitemos.

–No podemos comprar su mantita preferida.

–Por eso te doy media hora en lugar de diez minutos –contestó, pendiente ya de su abogado–. Tristán, sí, es importante.

Gillian se puso en pie y subió las escaleras. Aquello no podía estar sucediendo, pero estaba sucediendo. Se duchó, se vistió e hizo el equipaje en una nebulosa.

Max no dijo nada cuando reapareció a los tres cuartos de hora en la puerta de la habitación, donde él estaba jugando de nuevo con Ethan a los trenecitos. Gillian se quedó mirándolos con una maleta a cada lado.

Max la miró de arriba abajo. No miró el reloj y no dijo nada, así que Gillian no sabía si no comentaba nada porque estaba Ethan o porque había perdido la noción del tiempo.

–Papá, mira –le dijo el niño.

Max se giró hacia él, pero a Gillian le dio tiempo de registrar su sorpresa. Ella también se había quedado de piedra. Ethan lo había llamado papá como si fuera la cosa más normal del mundo.

Max nunca había querido tener hijos y ahora un niño lo llamaba papá y le pedía cosas. Gillian cruzó los dedos. A lo mejor Max se echaba atrás. Todavía estaba a tiempo.

Lejos de amilanarse, Max alargó el brazo y le revolvió el pelo a su hijo.

–Vamos, tigre –le dijo, haciéndolo sonreír encantado ante el apelativo–. Mamá nos está esperando –añadió mirando a Gillian para ver cómo reaccionaba.

Pero ella estaba tan anonadada que su rostro no reflejó ninguna reacción.

Una vez fuera, Max miró la ranchera de Gillian y su Maserati descapotable.

–En tu coche no cabemos los tres y, además, la silla de Ethan y sus CD están en el mío –comentó Gillian.

No le daba ninguna pena que Max tuviera que conducir su coche, en lugar del Maserati, hasta el aeropuerto de Los Ángeles. Eso no era nada en comparación con lo que le estaba pidiendo a ella que hiciera.

Max negó con la cabeza. ¿Resignación? Gillian no estaba segura.

Cuando el avión aterrizó en Las Vegas, Ethan estaba dormido. Max y Gillian se pusieron en pie mirándolo. Ethan tenía la mejilla manchada de mantequilla de cacahuete, la carita girada hacia un lado y respiraba plácidamente.

–Tú ocúpate de las maletas, ya lo agarro yo –le ordenó Gillian–. Si se despierta en brazos de alguien a quien no conoce, puede que se ponga a llorar.

Max se encogió de hombros. Ahora que ya se había salido con la suya, parecía más tranquilo. ¿O sería que no se quería manchar de mantequilla de cacahuete?

Gillian se arrodilló ante la butaca y desabrochó el cinturón de seguridad. Ethan se desperezó y abrió los ojos. Al verla, sonrió y Gillian sintió que el corazón se le llenaba de felicidad.

–¿Dónde está papá?

Gillian sintió una puñalada de dolor y cerró los ojos.

–Está aquí, cariño –le dijo apartándose un poco para que Ethan viera a Max.

Suponía que Max la estaría mirando con sorna, pero, al levantar la mirada, lo que se encontró le gustó todavía menos, pues Max la estaba mirando con compasión.

Una vez en la sala de espera de la capilla, Ethan se puso a jugar, Max estaba sentado en una butaca mandando correos electrónicos y atendiendo llamadas telefónicas, y Gillian se paseaba por la moqueta roja.

En un momento dado, se abrió la puerta de la capilla y el ayudante del oficiante los llamó. Gillian y Ethan recogieron los juguetes lo más rápido que pudieron. Gillian agarró a su hijo de la mano y fue hacia la puerta, rezando para que Ethan no se diera cuenta de que, por primera vez en casi tres años, era ella la que buscaba tranquilidad en aquel contacto.

El ayudante le puso la mano en el hombro y sonrió.

–No se preocupe, casi todas las novias se ponen nerviosas –le dijo para consolarla.

Pero Gillian no se sentía nerviosa sino confusa. Aquella misma mañana estaba en su casa decidiendo entre limpiar el frigorífico o terminar un libro y ahora se iba a casar con un hombre que le había dado un ultimátum.

Gillian echó los hombros hacia atrás dispuesta a terminar con aquello cuanto antes. En cuanto Max tuviera lo que quería, podría irse a casa y seguir con su vida de siempre.

–Además, está usted muy guapa –añadió el ayudante.

Gillian había elegido un vestido plateado que se había comprado hacía dos meses para ir a un cóctel con su amiga Maggie. Si se iba a casar, lo iba a hacer bien. Que Ethan tuviera, por lo menos, una buena fotografía de la boda de sus padres.

Max se colocó a su lado.

–¿Verdad, a que está muy guapa? –le preguntó el ayudante.

–Siempre ha sido muy guapa –contestó Max como si le molestara admitirlo.

–Hacen ustedes muy buena pareja –continuó el

ayudante sin darse cuenta de la tensión que había entre los contrayentes.

Max, Gillian y Ethan entraron en la capilla. Se oía por megafonía una música que Gillian no reconoció. Sus tacones resonaban sobre el suelo de losetas de terracota mientras avanzaba reacia entre las filas de sillas de hierro blanco.

–Mamá, me estás apretando demasiado.

–Perdona, cariño –se disculpó Gillian aflojando un poco la mano de su hijo.

Ojalá tuviera un ramo para apretarlo bien. Max la agarró con firmeza de la otra mano. Gillian lo miró por el rabillo del ojo y vio que tenía el ceño fruncido, pero, aun así, se sintió contenta de que la hubiera agarrado de la mano, más segura.

Gillian no era de esas mujeres que se habían pasado la vida entera soñando con su boda perfecta, pero, de haber sido así, desde luego, no habría sido aquella.

La oficiante, una mujer de unos veinticinco años y pelo oscuro, los estaba esperando entre dos columnas cubiertas de glicinias.

–Menos mal que no va vestida de Elvis –murmuró Gillian.

Max elevó casi imperceptiblemente las comisuras de los labios.

A continuación, acomodó a Ethan en la primera fila de sillas y le pidió que se mantuviera en silencio y no se moviera durante un ratito.

–¿Por qué? –preguntó el niño.

–Luego te lo explico, ¿de acuerdo? –le dijo Gillian acariciándole le rodilla con suavidad y girándose hacia Max con el corazón latiéndole aceleradamente.

La oficiante hizo una señal y la música dejó de sonar.

—Mamá, tengo hambre –dijo una vocecita.

Gillian miró a Max, que parecía divertido.

—Vamos a ir a comer en breve, tigre –le dijo al niño.

Y eso fue todo. Si hubiera sido Gillian quien lo hubiera intentado calmar, Ethan habría preguntado, insistido, habría preguntado ¿cómo?, ¿cuándo? Y habría objetado que tenía hambre en aquellos momentos, pero se limitó a fijar su atención en el libro que tenía en el regazo.

—Nos hemos reunido aquí hoy… –comenzó la oficiante.

Gillian se dio cuenta de que aquellas palabras no le decían nada. Fijó la mirada en la columna que había más allá del hombro de Max.

—… en su mano izquierda y repita conmigo.

Aquellas palabras sí que captaron su atención.

Max la tomó de la mano indicada y le puso una alianza en el dedo anular. Se la habían llevado hasta el avión. Eso de ser rico de nacimiento hacía que uno siempre hiciera las cosas como le dieran la gana.

Sí, Max estaba acostumbrado a salirse con la suya.

Si no que se lo dijeran a ella, que mira dónde estaba.

Max le entregó una alianza igual, pero más grande. Aquella alianza era una de las pocas victorias de Gillian aquel día. Si se le podía llamar así. Cuando Max estaba hablando para encargar la alianza de Gillian, ella le había dicho que, si ella tenía que llevar anillo, él también. Max había asentido y había encargado dos.

Había sido una pequeña concesión por su parte, pero concesión al fin y al cabo.

Gillian repitió las palabras que la oficiante decía y colocó la alianza a Max en el dedo. Eso de que él también fuera a dejarle claro al mundo que estaba casado le gustaba. No iba a ser solo ella.

–Les declaro marido y mujer.

Por primera vez desde que se había dado cuenta de que Ethan era hijo suyo, Max se relajó un poco.

–Puede besar a la novia.

Max la miró. Ahora era su marido. Gillian sintió que aquella idea la desbordaba.

–Gracias –dijo Max tomándola de ambas manos e inclinándose hacia ella.

Anonadada, Gillian aceptó la caricia de sus labios. Aquello hizo que recordara que aquel hombre era capaz de ser tierno.

Y, durante un segundo, cerró los ojos y sintió que se le pasaba la tensión.

Ya estaba hecho.

***

Su esposa y su hijo.

Max salió de la capilla en compañía de Gillian y de Ethan.

Sí, Gillian era su esposa, una esposa con la que se había casado para darle a su hijo una familia y para garantizarse a sí mismo ser parte de ella.

Una esposa por la que esperaba no sentir nada, una esposa a la que había tenido que hacer un gran esfuerzo para no tomar entre sus brazos porque Gillian, siempre tan segura de sí misma, le había parecido... perdida.

Cruzaron el patio de adoquines en dirección a la limusina. Gillian llevaba en una mano las imágenes que el aburrido fotógrafo les había tomado. Ninguno de ellos las había mirado.

Max se preciaba de ser un hombre eficiente que aprovechaba los días al máximo, pero, desde luego, haber comenzado aquel día soltero y sin compromiso y terminarlo casado y con un hijo era una logro incluso para él.

Nunca lo hubiera imaginado. Jamás había pensado en formar una familia porque siempre había querido evitar las responsabilidades que una familia entrañaba, pero una cosa era que no la hubiera querido para él y otra muy diferente que no supiera lo importante que era.

Estaba más que decidido a que Ethan, su hijo, la tuviera.

Max miró al chiquillo, que iba a su lado.

Sin tener que recurrir a una larga y penosa batalla judicial, se había asegurado un lugar legal y permanente en la vida de su hijo. Y a Gillian le había quedado claro que no le iba a permitir que se deshiciera de él de nuevo.

El conductor que los estaba esperando ayudó a Gillian y a Ethan a pasar al asiento de atrás. Max los siguió. Gillian se situó al final del asiento de cuero. El reposabrazos les servía de barrera física y Ethan les hacía las veces de otro tipo de barrera.

Mejor así.

Todavía no estaba de humor para ser amable con la mujer que lo había engañado, pero se le estaba pasando el enfado. En algunos momentos, por supuesto, cuando la había besado, había olvidado por qué estaban allí y había recordado la complicidad que había habido entre ellos, y eso le había hecho albergar la esperanza de que algo nuevo pudiera nacer entre ellos.

Estaban juntos en aquello y Max estaba decidido a que funcionara.

Según sus condiciones.

Como él quisiera que fuera.

Gillian sacó de la mochila una cajita con pasas y una rodaja de queso y se lo dio a Ethan. Al levantar la mirada, vio que Max la estaba mirando.

–¿Quieres? –le preguntó–. Tengo más –añadió a punto de sonreír.

Lo peor fue que Max también estuvo a punto de hacerlo.

Se lo habían pasado muy bien juntos el tiempo que habían sido novios.

–¿Quieres que paremos a comprar algo de comer o puedes esperar a que lleguemos al avión? Lo digo porque allí tenemos de todo.

–No, con esto puede aguantar –contestó Gillian–. Gracias por preguntar –añadió.

Max se encogió de hombros.

–Sólo una vez en mi vida he presenciado el espectáculo de un niño con hambre y sueño, y la verdad, no quiero volver a tener que pasar por esa experiencia, te lo aseguro –contestó consciente de que, de momento, ella sabía más que él de esos temas.

Max sabía que aprendía rápido, pero aquella nueva situación le había hecho perder pie e iba a necesitar algo de tiempo.

Max se sacó el teléfono móvil del bolsillo y marcó un número. Había dado el paso necesario para formar parte de las vidas de Gillian y de Ethan y ahora tenía que integrarlos en la suya.

–Hola, mamá, ¿vais a estar esta noche en casa? Si no tenéis ningún plan especial, me gustaría ir a cenar con vosotros.

Sus padres siempre le decían que no iba suficiente a verlos, que aunque se había vuelto a la costa oeste después de vivir en Nueva York, apenas lo veían. Una exageración. También solían decirle que apenas sabían lo que pasaba en su vida. Eso, tal vez, no fuera tan exagerado.

–Por cierto, voy con un par de personas que os quiero presentar –añadió observando al niño que, sentado a su lado, se comía las pasas una a una sin quitarle ojo de encima–. No hagas nada muy sofisticado, mamá, por favor porque a uno de mis acompañantes le gusta la comida tal cual –añadió mirando a Gillian, que le sonrió brevemente–. Sí, la otra es una mujer y sí, nos vamos a quedar a dormir –se despidió.

–¿Nos vamos a quedar a dormir? ¿En casa de tus padres? No me parece buen idea, Max –comentó Gillian aterrorizada.

–Ya que estamos en Los Ángeles, vamos a aprovechar para que os conozcáis. Así, conocerán a su nieto. Les encantan los niños. Mi hermana les suele llevar a las suyas. Tiene dos. Así, Ethan se ahorra hora y media de coche para volver a Vista del Mar.

Gillian abrió la boca y la volvió a cerrar de nuevo. Se debía de haber dado cuenta de que ninguna idea ni excusa iba a hacer que Max cambiara de parecer.

–No le has dicho quiénes… somos –comentó al cabo de un rato.

Ethan alargó el brazo y le ofreció a Max una pasa que tenía toda la pinta de haber pasado ya por su boquita. Tal vez, según las normas del protocolo infantil, si alguien te ofrece un alimento ya masticado, tienes que aceptarlo, pero Max no pensaba cumplir esa norma.

–No, para ti, yo no tengo hambre –le dijo.

Ethan se la ofreció entonces a su madre, que negó con la cabeza. Sólo entonces se la metió en la boca.

Max volvió a concentrarse en su esposa, aquella

mujer a la que le iba a presentar a su familia en breve.

–Basta con que diga que voy a cenar con una mujer. Ya estará llamando a mis hermanos para que vengan a cenar. He creído mejor decirle en persona que eres mi mujer. Además, así estarán todos y solo tendré que contarlo una vez.

–¿Y qué les vas a decir? –quiso saber Gillian, pálida y tensa.

–Lo de Ethan no va a haber que explicarlo mucho porque, en cuanto lo vean, van a saber que es hijo mío. Hay una fotografía de mí y de mi hermano con más o menos la misma edad en el vestíbulo de entrada. Es nuestro vivo retrato. El pelo, los ojos… aunque yo no iba por ahí ofreciendo a los demás pasas mordisqueadas… en cuanto a ti, ya se me ocurrirá algo.

Gillian dio unas cuantas vueltas a la alianza que llevaba en el dedo.

–Cuando estuvimos saliendo, no me los presentaste. Apenas hablabas de ellos.

–Ya –contestó Max.

Lo había hecho adrede. Le gustaba mantener separadas las diferentes parcelas de su vida. Si les presentaba a sus padres, una mujer se podía creer lo que no era. Y viceversa. Jamás había llevado a su casa a ninguna mujer con la que había estado saliendo. Y Gillian no había sido ninguna excepción.

Sus padres eran felices juntos y querían que todos sus hijos, sobre todo Max, encontraran a alguien con quien compartir la vida. Lo querían tanto que Max había aprendido muy pronto a no decir en casa que salía con una chica. Sobre todo, cuando no era nada serio. Porque, aunque sus padres estaban empeñados en que su hijo conociera ese tipo de vínculo, él lo evitaba por todos los medios.

Sabía que no les gustaría que se hubiera casado con una mujer a la que no conocían y de la que no estaba enamorado.

–No les vamos a decir por qué nos hemos casado.

–¿Quieres decir que no les vas a hablar del ultimátum que me has dado?

–Ni de tu engaño –contestó Max mientras Gillian miraba por la ventana–. Quiero que crean que nuestro matrimonio es de verdad –añadió, observando aquel pelo que siempre le había gustado tanto acariciar–. Quiero que crean que nos queremos –concluyó, viendo que Gillian daba un respingo.

–Y, como quieres que sea, tiene que ser así, ¿no? –le espetó, girándose hacia él.

Gillian siempre lo había desafiado. Por lo visto, muy a su pesar, la seguía admirando por ello.

–¿Mamá? –dijo Ethan con voz quejumbrosa.

–No pasa nada, cariño –lo tranquilizó Gillian acariciándole el pelo–. No te preocupes, Max, no te voy a causar ningún problema. No voy a discutir contigo. Por lo menos, en público, pero que te quede claro que lo hago por Ethan, no por ti.

–No esperaba menos de ti. Ya me ha quedado claro que mis sentimientos te importan bastante poco.

Gillian ahogó un grito de sorpresa.

–Max, yo…

Max esperó con curiosidad a ver si se ponía a la defensiva o a la ofensiva. Estaba preparado para las dos opciones.

Gillian aceptó el papel de aluminio que Ethan le estaba dando, lo dobló varias veces y lo guardó en el bolsillo de la mochila.

–Si queremos que tus padres crean que estamos felizmente casados, tengo que saber algo sobre ellos. Por ejemplo, cómo se llaman –añadió abriendo de nuevo aquella mochila que a Max comenzaba a parecerle la chistera de un mago–. Porque si nuestro matrimonio está basado en el amor, darán por hecho que habremos hablado de nuestras familias –continuó buscando algo dentro de la mochila.

Al hacerlo, el pelo le cayó sobre el rostro y Max se quedó mirándolo. Por lo visto, a Ethan también le llamó la atención porque le agarró un buen mechón y tiró.

–Ethan, no hagas eso –lo reprendió su madre, pero el niño se rió y siguió tirando–. Ethan, para –insistió Gillian poniéndose seria.

Pero Ethan no parecía impresionado, así que Max le agarró la muñeca y le fue abriendo los deditos uno a uno, obligándole a soltarle el pelo a su madre.

–Gracias –le dijo ella.

–De nada, ha sido un placer –contestó Max con sinceridad.

Y, efectivamente, había sido un placer volver a tocar aquel cabello tan sedoso. Gillian se pasó los dedos por el pelo varias veces y sonrió. Al hacerlo, algo cautivador y vago se instaló entre ellos mientras se miraban a los ojos.

Max se dio cuenta entonces de que recordaba muchas más cosas de ella, aparte del tacto de su pelo.

Gillian volvió a concentrar su atención en la mochila y sacó un cochecito para Ethan y un cuaderno y un bolígrafo para ella.

–¿Cómo se llaman tus padres?

–Stephen y Laura. Mi hermana es Kristan y mis hermanos, Daniel, Jake y Carter.

Gillian lo miró estupefacta.

–¿Y van a estar todos?

¿Reflejaban temor sus ojos?

–No me puedo creer que la formidable Gillian Mitchell se preocupe por conocer a unas cuantas personas.

–Claro que no –contestó Gillian elevando el mentón–. Era solo una pregunta. Necesito saberlo para prepararme bien.

–Todos menos Kristan y su familia y Daniel.

–¿Y tus hermanos son como tú?

–¿A qué te refieres?

–A que si son adictos al trabajo, directos, desconfiados e introvertidos.

–Vaya, creía que te estabas describiendo a ti misma.

Gillian frunció el ceño unos instantes. Inmediatamente añadió.

–Puede que antes fuera así, pero he cambiado. No me ha quedado más remedio.

Max no le iba a preguntar si los años que habían pasado sin verse habían sido duros para ella. No se lo iba a preguntar porque le había negado la posibilidad de ayudarla.

Pero era cierto que se había dado cuenta de que había cambiado. Gillian había desarrollado un lado cariñoso y protector que él no sabía que tuviera. Incluso físicamente había cambiado, pues ahora su cuerpo tenía más curvas. En eso se había fijado nada más verla.

No quería ni pensar en explorar aquellos cambios. Aquella misma mañana le había dicho que había aniquilado la atracción que una vez había sentido por ella y necesitaba con todas sus fuerzas que fuera cierto.

Se había casado con ella porque estaba decidido a formar parte de la vida de su hijo, porque quería que su hijo creciera con un padre y una madre y porque, a pesar de que a ella le había dicho lo contrario, no habría sido capaz de quitarle a Ethan en los tribunales.

Ni por el niño ni por ella.

Gillian descruzó una pierna y cruzó la otra, agarró el borde de la falda y la colocó en su lugar porque se le había subido al cambiar las piernas en el cruce. Max tenía cada vez más claro que la atracción que había sentido por ella no se había extinguido y que, aunque estaba haciendo todo lo que podía para que no fuera así, le estaba empezando a dar taquicardia.

Capítulo Cuatro

Una vez de vuelta en Los Ángeles, Max condujo su propio coche por las calles de Beverly Hills mientras Gillian hojeaba sus notas e intentaba no dejarse influir por su cercanía.

Estaba haciendo un gran esfuerzo para olvidar lo que había sentido cuando Max la había besado. Aquel simple contacto le había hecho recordar un montón de escenas sensuales. Era como si aquel beso hubiera dado rienda suelta a su instinto más primario, pues su cuerpo estaba reaccionando.

Gillian volvió a leer sus notas. Ya tendría tiempo después de analizar aquel beso envenenado y de reprogramar sus respuestas.

Segura de sí misma porque se había aprendido todos los detalles, cerró el cuaderno y se puso a enumerar.

–Carter es el mayor. Es serio y más bajo que tú, pero tenéis los ojos y el pelo del mismo color. Tiene una empresa de informática y acaba de romper su compromiso con su novia. Como casi todos en tu familia, es del Dodgers –dijo mirando a Max en busca de confirmación.

Max asintió.

Evitando mirarle los labios, Gillian prosiguió.

–Daniel es el siguiente hijo, pero esta noche no va a estar. Tampoco estará Kristan –continuó–. Jake es menor que tú, mide lo mismo, tiene los ojos verdes y es el rebelde de la familia. Fue modelo y actor y le iba muy bien, pero decidió ponerse al otro lado de la cámara y se convirtió en director de cine, lo que os sorprendió a todos. Es de los Angels, lo que provoca acaloradas conversaciones en la mesa... supongo.

–Siempre se te dieron bien los detalles.

–Gracias.

–¿Y mis padres?

–A tu madre, que se llama Laura, le encanta la jardinería y está entregada a sus obras benéficas. Es una mujer culta y reservada que puede parecer distante, pero puede que me tome afecto por su nieto. Tu padre, Stephen, hizo dinero como constructor, juega al golf y le gusta el whisky de malta y, sorpresa, sorpresa, le encanta el béisbol.

–Aprobada –anunció Max accionando un mando a distancia para abrir las verjas.

Una vez dentro de la finca, condujo bajo los robles hasta la rotonda que servía de entrada de vehículos y paró el coche ante una imponente casa de dos plantas.

–Es fácil recitar todos los detalles de memoria en el coche, pero... –comentó Gillian.

–Tranquila, todo va a salir bien –le aseguró Max.

Tras salir del coche, echaron sus asientos hacia delante para sacar a Ethan, que iba en el asiento trasero. Para entonces, la puerta principal se había abierto y una mujer menuda había salido a recibirlos. Llevaba unos pantalones negros y una chaqueta lila que parecía de cachemir. Tenía el pelo rubio platino y lo llevaba cortado a la altura de la barbilla.

–¿Es tu madre? –le preguntó Gillian a Max en voz baja.

–Sí, te voy a llevar yo la maleta –contestó él–. Debe de pesar una tonelada.

Gillian soltó la maleta y Max la tomó con una mano mientras colocaba el otro brazo alrededor de los hombros de su mujer y sonreía.

–Vamos allá –la animó.

Gillian tuvo la sensación de que no estaban enfrentados sino de que estaban unidos en aquello y que iban a salir bien parados juntos.

Así que avanzaron hacia la puerta. La madre de Max no podía apartar la mirada de Gillian y de Ethan. Sonreía, pero tenía el ceño fruncido. Para cuando los tres llegaron al porche, Laura había dejado de sonreír y miraba a Ethan estupefacta.

–Hola, mamá –la saludó Max besándola en la mejilla–. Te veo muy bien.

–¿Max? –contestó su madre ahogándose con la palabra.

A Gillian le dio pena. En ese momento, Max deslizó su brazo desde sus hombros hasta su cintura y ella lo agradeció. Necesitaba esos gestos de apoyo y, además, era consciente de que Max se lo podría haber puesto mucho más difícil. Aquello no iba a resultar fácil, claro que no, pero podría haber sido mucho peor.

–Te presento a Gillian y a Ethan. Gillian, te presento a Laura, mi madre.

Laura apartó la mirada de Ethan y la dirigió hacia Gillian, a quien sonrió, pero brevemente, porque volvió a concentrarse en el niño.

–¿Max? –repitió.

–Sí, os tengo que anunciar ciertas cosas. Vamos dentro.

–Claro, claro –reaccionó su madre echándose hacia un lado para dejarlos entrar–. Supongo que estarás cansado después de conducir desde Vista del Mar.

–No, hemos venido en avión desde Las Vegas.

Laura abrió los ojos desorbitadamente y su mirada viajó hacia la mano izquierda de Gillian, que reposaba en la derecha de Max. Entonces, vio la alianza de su hijo.

–Stephen – llamó a su marido para que la ayudara.

Pero la petición había sido emitida en un tono de voz tan bajo que Stephen no acudió.

–Vamos a sentarnos –le dijo Max cariñosamente.

Su madre los llevó hasta un espacioso salón de techos altos. Había tres hombres, todos altos y fuertes, sentados en los sofás y pendientes de la televisión. Fue fácil saber quién era cada cual. Max había descrito bien a sus hermanos y, obviamente, su padre era el mayor de ellos.

Laura carraspeó.

–Han llegado Max y… sus amigos –anunció.

El hombre que Gillian creía que era Jake llevó la

mirada desde el televisor hasta Gillian y Ethan y se quedó de piedra.

–Stephen, apaga la tele –le dijo su mujer con amabilidad.

–Espero que sea importante, Max –añadió el hermano que Gillian había decidido que era Carter mientras su padre accionaba el mando para apagar el televisor.

–Sí, es importante, sí –le aseguró Jake poniéndose en pie–. Muy importante.

Los otros dos se levantaron también y los tres avanzaron hacia los recién llegados.

–Papá, hermanos, os presento a Gillian y a Ethan –anunció Max.

Gillian recolocó a Ethan sobre su cadera para tener una mano libre y poder estrechar la que le tendía Stephen.

–¿Quieres que agarre yo a Ethan? –le ofreció Max.

Al oír su nombre, Ethan se volvió hacia él.

–Papá.

La palabra se oyó alta y clara en el silencio que imperaba en el salón. Un silencio que se vio roto al cabo de unos segundos por las carcajadas de Jake. Ethan, encantado de hacer reír a alguien, repitió la palabra tres o cuatro veces más. Carter no tardó en unirse a las carcajadas. A sus padres, sin embargo, no parecía hacerles tanta gracia la situación.

Gillian miró a Max, que sostenía a Ethan en brazos.

–Bueno, una cosa menos que tengo que explicaros –sonrió Max a sus hermanos–. Sólo me queda decir que Gillian es vuestra cuñada y nuera respectivamente –añadió.

Gillian pensó que era una buena manera de no llamarla «esposa».

–Tú siempre tan discreto –comentó Jake–. ¿Cuánto tiempo llevas casado?

Max consultó su reloj.

–¿Quieres las horas y los minutos?

–¿Y no nos has invitado? –insistió su hermano.

–Ha sido una boda un poco diferente.

Aquello lo dejaba todo claro.

–Bienvenida a la familia, Gillian –le dijo Laura besándola en la mejilla–. Y bienvenido tú también, Ethan –añadió besando al niño en la cabeza–. ¿Por qué no nos sentamos y nos vamos conociendo? Tenemos media hora hasta que la cena esté lista.

A juzgar por la curiosidad con la que la miraban todos, Gillian sospechó que iba a ser media hora de interrogatorio. Menos mal que muchas de las preguntas irían destinadas a Max y que la presencia de Ethan amortiguaría la situación.

–¿Quieres venirte con tu tío Jake a escoger algún juguete? –le preguntó Jake a Ethan–. Mis sobrinas tienen una habitación llena.

–No creo que quiera –contestó Gillian–. Suele ser tímido con la gente que no conoce.

–Sí, sí quiero –contestó el niño para sorpresa de Gillian–. ¿Tienen trenes? –añadió acercándose a Jake, que le guiñó el ojo a su cuñada.

–Ahora volvemos –le dijo.

–¿Cuánto años tiene? –quiso saber la madre de Max.

–Casi tres –contestó Gillian.

–Cumple años el mismo día que yo –apostilló Max.

Laura se giró hacia su hijo con una expresión en su rostro que Gillian no acertó a interpretar. ¿Dolor? ¿Sorpresa? Laura se apresuró a poner cara de póquer y Gillian se dijo que debía de haberlo soñado.

–Siéntate y cuéntanos algo de ti –la invitó Laura.

–Mamá –le advirtió Max.

–Solo quiero hablar con mi nuera –contestó Laura con inocencia–. Stephen, apaga eso.

Stephen seguía pendiente del televisor, pues había quitado el sonido, pero no la imagen.

–Sí, eso mismo estaba yo pensando –contestó su marido apagando el aparato con cierta pena.

Gillian se sentó en un sofá, agradecida a Max por sentarse a su lado y todavía más agradecida cuando la tomó de la mano, que ella no dudó en apretarle.

–¿A qué te dedicas? –le preguntó su suegra.

Gillian sabía que Laura debía de tener preguntas mucho más acuciantes que hacerle, como por ejemplo, por qué había conocido a su nieto con casi tres años, así que le agradeció que empezara suave.

–Soy periodista. Trabajo para un periódico de Vista del Mar.

–El *Seaside Gazette* –añadió Max.

–¿No es ése el periódico que te ha estado…? –comentó Carter.

–Sí, el que me ha estado molestando –contestó Max.

Gillian se imaginó las quejas que Max debía de haber vertido sobre su periódico ante su familia.

–Pero Gillian y yo siempre hemos mantenido nuestra vida privada separada de la profesional –les explicó Max.

Era cierto que cuando habían estado saliendo en Los Ángeles habían separado muy bien sus trabajos de su relación. Bueno, en realidad, habían separado casi todo de su relación. En realidad, lo único que les había interesado había sido la pasión que ardía entre ellos. Gillian acababa de llegar a la ciudad y se había convencido de que tenía que ser sofisticada y desapasionada para que le fuera bien. Así había sido en su relación con Max y se lo habían pasado bien, pero ninguno de ellos había hecho el esfuerzo de conocer de verdad al otro. Ambos estaban convencidos de que tenían la relación que querían: superficial y divertida. Por eso, cuando se había enterado de que estaba embarazada, se había dado cuenta de que quería tener al niño, había tanteado a Max y él la había dejado, no pudo culparlo de nada.

–Respeto mucho su integridad aunque a veces me parezca que se equivoca –añadió.

Gillian no esperaba semejante cumplido, pero sabía que era cierto que Max la había admirado en el pasado. Por lo menos, antes de verse enfrentados por la compra de Industrias Worth por parte de Empresas Cameron.

–¿Y a qué se dedican tus padres?

–Mi madre tiene una tienda cerca de Fort Braga y, en cuanto a mi padre, nunca lo conocí, no sé quién es ni a lo que se dedica.

Laura abrió la boca, pero no dijo nada.

–¿Qué tipo de tienda tiene tu madre? –logró preguntar por fin.

–Una especie de galería de arte.

Eso hizo que Laura sonriera.

–A lo mejor la conocemos.

Gillian se fijó en las esculturas y en los cuadros que había en el salón y pensó en los artículos que vendía su madre, cuadros enormes de guías espirituales y ángeles.

–No creo, es muy pequeña y muy *new age* –contestó.

–Ah.

Gillian intentó encontrar otro tema de conversación. Normalmente, no le costaba hablar con la gente, pero allí había demasiados temas difíciles y no sabía por dónde seguir. Por suerte, Ethan eligió aquel momento para volver al trote con un cuento en la mano.

–No había ningún tren –anunció Jake–. Solo muñecas y cuentos, así que ha elegido un cuento, pero le he prometido que habrá un tren cuando venga la próxima vez.

–El tío Jake nunca le ha perdonado a nuestra madre que le regalara sus trenes al hijo de los vecinos –les explicó Carter–. Eso fue cuando tenía veinte años y lleva desde entonces buscando una excusa para volver a tener trenes.

Aquello hizo reír a los hermanos y a Gillian le gustó.

Ethan había crecido solo con ella, pero ahora tenía padre, abuelos, varios tíos y una tía, primos y primas. Aquello la hizo debatirse entre la culpa por haber privado a su hijo de todo eso durante casi tres años y el terror de pensar que lo perdería cuando Max se diera cuenta de que, efectivamente, no quería estar casado ni tener hijos.

Jake se sentó en el sofá y Ethan se puso a su lado con un cuento de una excavadora amarilla.

Gillian siempre había intentado hacer lo que fuera mejor para su hijo.

Pero seguía sin saber lo que era.

Miró a Max. Estaban en una habitación llena de hombres carismáticos y el que más le llamaba la atención era él. Max hacía que se le acelerara el pulso. Sus ojos eran como imanes que reflejaban inteligencia y honestidad.

Y pasión.

Max nunca había escondido la pasión que ella le inspiraba.

Cuando Max le apretó la mano, Gillian recordó aquella arrebatadora pasión. La sintió en la tripa e iluminando sus mejillas. La reacción de su cuerpo la tomó por sorpresa y hubiera preferido que no se produjera. No seguía sintiendo nada por Max. No quería ni podía seguir sintiendo algo por él.

De lo contrario, no sobrevivía a aquel matrimonio.

–¿Cuánto tiempo llevas en Vista del Mar? –le preguntó Laura.

–Seis meses –contestó Gillian–. Me encanta, es un lugar perfecto para criar a un hijo.

–¿Y eres de los Dodgers o de los Angels? Eso sí que es importante saberlo –interrumpió Jake.

Gillian negó con la cabeza.

–Ya sé que en esta familia todos son de los Dodgers menos tú, así que yo no voy a avivar el fuego –contestó.

–Es de los Angels –contestó Max por ella.

–Ya decía yo que me estabas cayendo bien –sonrió Jake mirando triunfal a Carter y volviendo a fijar su atención en el cuento que le estaba leyendo a Ethan.

La conversación se alargó diez minutos más, hasta que Laura se excusó para ir a mirar qué tal iba la cena y le indicó a Max que le enseñara a Gillian su habitación y la de su hijo.

Gillian dejó a Ethan con su tío Jake y siguió a Max escaleras arriba.

–Aquí va a dormir Ethan –anunció Max abriendo una puerta–. Es de niñas porque la decoraron para mis sobrinas, pero ya la cambiaremos un poco.

–No quiero que duerma solo esta noche –contestó Gillian–. Es la primera noche que va a pasar aquí.

Había dos camas. Estaba salvada.

Max cruzó la habitación y abrió otra puerta que

daba a otro dormitorio, éste presidido por una enorme cama de matrimonio.

–Ésta es la nuestra –anunció haciéndose a un lado para dejar pasar a Gillian–. Podemos dejar la puerta abierta.

Su gozo en un pozo.

Capítulo Cinco

Gillian se quedó mirando la cama de matrimonio y sintió que se le secaba la boca. No había pensado que las cosas pudieran empeorar, pero así era. Había ido lidiando con los sucesos del día a medida que se habían ido produciendo, no se le había ocurrido pensar en la noche.

–No te preocupes, no te voy a tocar –la tranquilizó Max con frialdad–. La cama es muy grande. La tenemos que compartir por mis padres, para que no se hagan más preguntas de las que ya se deben de estar haciendo. Tenemos que comportarnos como una pareja normal, como una familia normal.

Demasiado pedir y demasiado deprisa.

¿Cómo iba a compartir cama con aquel hombre con el que había mantenido hacía unos años una apasionada relación, con aquel hombre que había creído que podría quererla? ¿Cómo iban a fingir en público ser unos padres normales con una relación normal si cuando estaban a solas Max la trataba con tanta frialdad?

Él mismo se lo demostró después de cenar.

La cena había sido agradable, a pesar de cierta tensión y de las miradas puntuales que Gillian había detectado entre la familia de Max. Todos habían intentando ponérselo fácil. Incluso Max, que se había mostrado cariñoso y afectuoso. Cualquiera hubiera dicho que lo sentía de verdad.

Cuando estaba con su familia era diferente, era como si estuviera escondiendo algo, como si no se entregara por completo ni les dejara ver completamente a los suyos cómo era.

Sus padres y sus hermanos eran muy agradables y, en otras circunstancias, Gillian se habría encontrado muy relajada en su compañía. Sin embargo, en las circunstancias que estaba viviendo, dio gracias al cielo por tener la excusa de tener que ir a bañar a Ethan. A duras penas pudo ocultar su sorpresa cuando Max se levantó también.

Así que ambos se arrodillaron al borde de la bañera mientras el niño jugaba con el agua y con los juguetes acuáticos sin parar de hablar. Ellos no hablaron, pero el silencio que los acompañó mientras compartían aquella tarea cotidiana fue agradable.

Ethan dejó caer con fuerza un barco rojo y saltó agua por todas partes, mojando a sus padres, que se encontraron riéndose.

–No creo que hagas esto todos los sábados por la noche, ¿eh? –comentó Gillian fijándose en la camisa empapada de Max.

–No, es la primera vez que hago este plan –contestó Max mirándola más amablemente–. Para serte sincero, si me hubieras preguntado hace una semana si quería hacer esto, te habría dicho que ni por asomo, pero ahora mismo no querría estar en ningún otro lugar.

Gillian desvió la mirada y la bajó.

—Te pido disculpas por no habértelo dicho.

Max no contestó inmediatamente, así que Gillian volvió a elevar la mirada hacia él.

—No sé si podré perdonártelo algún día, pero entiendo por qué lo hiciste, sé que fue por lo que te dije, fiel reflejo de lo que sentía en aquella época. Sabías cuál habría sido mi reacción.

Gillian se encogió de hombros. Jamás hubiera soñado con que Max fuera a admitir algo parecido. Tal vez, pudieran construir algo a partir de ahí.

Gillian le indicó a Ethan que se levantara para salir de la bañera y agarró una toalla.

—Ya lo saco yo, que te vas a mojar... más —se ofreció Max.

—Y tú, también —contestó Gillian.

—A mí no me importa que se me transparente la camisa y que mis hermanos me vean el pecho, pero tú...

Gillian se miró la blusa verde que se había puesto. Había estado tan pendiente del torso de Max que se había olvidado de que a ella le habría pasado algo parecido.

—Oh —comentó sonrojándose.

Era ridículo, pues Max la había visto completamente desnuda, pero eso había sido hacía años y en otras circunstancias.

Sacó a Ethan de la bañera y Max y ella le pusieron el pijama. Su padre lo llevó en brazos a la cama, donde lo arropó. A continuación, ambos se sentaron en el borde de la cama... hasta que Max se dio cuenta de que Gillian quería quedarse un rato a so-las con el niño. Tras darle un beso de buenas no-ches en la frente, avanzó hacia la puerta. Una vez allí, se giró y los miró a los dos con cariño.

Gillian miró a su hijo a la pálida luz de la lámpa-ra de la mesilla. A Ethan ya se le estaban cerrando los párpados. Cuánto se parecía a su padre. Gillian negó con la cabeza. Y pensar que aquella misma mañana tenía ante sí un sábado normal y corrien-te…

Y ahora estaba casada con Max, un hombre que no la quería, pero que Gillian esperaba que quisie-ra a Ethan y lo apoyara a lo largo de toda su vida. Si estar casada con él ayudaba a que así fuera, tenía que intentar alegrarse de su matrimonio.

No debía estar asustada.

Ni siquiera sabía por qué estaba asustada. Con-fiaba en Max. Era un hombre íntegro. Gillian re-cordaba perfectamente que, cuando habían co-menzado a salir, le había dicho lo que quería y lo que no. Si ahora le decía que no la iba a tocar, no la tocaría.

El miedo procedía de ver la ternura que Ethan le inspiraba porque lo que le pasaba era que ella también quería inspirársela. Había querido mucho a aquel hombre, más de lo que había admitido y ha-bía dejado ver. No había sido sincera en aquel as-pecto con él porque sabía que Max no la quería tan-to.

Y ahora tenía que ser fuerte y no volver a ena-morarse de él.

Cuando Ethan se quedó dormido, no tuvo más remedio que volver a bajar. Al oír su nombre, se quedó parada al pie de la escalera. La voz provenía del despacho que había visto en la entrada.

–Yo no soy el único que tiene unas cuantas preguntas –estaba diciendo Carter en voz baja.

Gillian apretó la barandilla con fuerza.

–Si esas preguntas tienen que ver con Gillian, guárdatelas para ti porque no son asunto tuyo –contestó Max con amabilidad pero firme.

–Si lo que está buscando es quedarse con una parte de la fortuna de los Preston, sí es asunto mío.

–No le interesa nuestro dinero –contestó Max.

–¿Ha firmado un acuerdo prenupcial?

–Sí –admitió Max.

–Espero que estuviera bien hecho porque vales tu peso en oro. Eres muy tentador.

–No te preocupes, Carter. Gillian no es así –la defendió Max, sorprendiéndola–. Te aseguro que no se ha casado conmigo por mi dinero.

Gillian sonrió. Eso era cierto. Max le había contado que Carter había estado prometido con una mujer con la que había roto al descubrir que le interesaba más su dinero que él, así que era comprensible que se mostrara desconfiado.

–Es guapa y simpática –concedió Carter.

–Y buena –añadió Max–. Sí, es guapa, pero también es amable, honrada y valiente. Cuando está convencida de algo, nunca da su brazo a torcer. Eso fue lo primero que me gustó de ella.

Carter se rió.

–Bueno, está bien, a lo mejor fue lo segundo –admitió Max en tono divertido–. Confía en mí, hermano, sé lo que me hago.

–Tú siempre sabes lo que haces, pero esto nos ha tomado por sorpresa.

Gillian aguantó la respiración. ¿Qué contestaría Max a aquello? Para sorprendidos él, que hacía doce horas que se había enterado de que tenía un hijo. ¿Qué le iba a contar a su hermano?

–Si Ethan no fuera tan parecido a ti y a Dylan…

¿Dylan? Gillian repasó mentalmente los nombres de los hermanos de Max de los que él mismo le había hablado. No había mencionado a ningún Dylan. ¿Sería un primo?

–Pero es exactamente igual que yo, así que dejemos el tema –contestó Max adoptando de nuevo su tono frío y distante.

Gillian no quería que los hermanos tuvieran un desacuerdo por su culpa, así que retrocedió dos pasos e hizo sonar los tacones en el suelo para que la oyeran al pasar de camino al salón. Max y Carter la siguieron unos segundos después.

Stephen le ofreció una copa, pero Gillian la rechazó.

–Ya sé que es pronto, pero he tenido un día muy largo y creo que me voy a ir a la cama, estoy agotada –contestó.

Sí, se iba a ir a la cama. A ver si, con un poco de suerte, se quedaba dormida antes de que se le uniera Max.

–Claro, es vuestra noche de bodas –contestó

Jake sonriente–. Supongo que estaréis deseando iros a la cama.

Max le puso la mano a Gillian en el hombro y ella estuvo a punto de dar un respingo. Tenía los nervios de punta. Max le masajeó el trapecio y la miró con comprensión.

–Sí, nos vamos a retirar –anunció.

Gillian pensó que, si no supiera lo que sabía, diría que… pero sabía lo que sabía, así que mejor no hacerse ilusiones.

Abandonaron el salón y subieron juntos la escalera. Al no estar Ethan para distraer su atención, el silencio que se instaló entre ellos se les antojó tirante. Entraron en el dormitorio en el que iban a pasar la noche.

Solos.

En la misma cama.

Gillian se devanó los sesos para encontrar algo que decir para romper el silencio. Pensó en preguntarle a Max por Dylan, pero no le pareció buena idea. Por una parte, no creía que a Max le hiciera gracia y, por otra, dejaría claro que había oído la conversación entre los hermanos y no quería que Max creyera que los había estado espiando… aunque fuera verdad…

–Dúchate tú primero –le dijo Max–. Yo tengo que hacer unas cosas –añadió sacando el ordenador portátil de la maleta y encendiéndolo–. Nos vamos a Vista del Mar en cuanto desayunemos mañana por la mañana –anunció con la mirada fija en la pantalla.

Gillian sintió un gran alivio y una pizca de… ¿decepción?

Se duchó y se puso el pijama. Se entretuvo en el baño todo lo que pudo, pero, al final, no tuvo más remedio que salir y volver a la habitación.

¿Cómo encontraría a Max? Se dijo que estaría bien que estuviera distante y reservado. Sí, eso sería más seguro.

Estaba preparada para encontrárselo mirándola con frialdad, pero se lo encontró tumbado en la cama, con el ordenador sobre las rodillas y los ojos cerrados, así que se permitió quedarse mirándolo.

Dormido se parecía todavía más a Ethan.

Dormido era todavía más seguro que distante y reservado.

Lo único malo de mirarlo así era que algo se reblandeció en su interior. Max se había desabrochado el primer botón de la camisa y se le veía el pecho. Gillian se acercó de puntillas a la cama, apartó con cuidado el edredón lo justo para meterse debajo y se quedó muy quieta, tumbada boca arriba con los brazos a los costados.

Al mirar a Max por el rabillo del ojo, vio que Max había abierto los ojos y la miraba divertido.

–¿Qué pasa? –lo increpó.

–¿Te daba miedo que me despertara?

–No –mintió Gillian.

Max dejó de sonreír. La conocía bien. Siempre había podido saber lo que Gillian estaba pensando. Antes aquello no era problemático.

Max cerró el ordenador, se puso en pie y se quedó mirándola. Gillian no tenía ni idea de lo que estaría pensando. Al final, se encaminó al baño. Desde la puerta, apagó la luz del dormitorio.

–Bonito pijama, por cierto –le dijo.

¿Bonito pijama? Era amarillo limón con ositos bailando. Ethan le había ayudado a elegirlo y Gillian era consciente de que era horrible, pero le había parecido mucho mejor que el camisón medio transparente que a Max tanto le gustaba.

Gillian se quedó inmóvil, intentando dormirse, pero no pudo porque estaba completamente pendiente de lo que hacía Max, del grifo del agua, del sonido del cepillo de dientes en su boca. Gillian se sorprendió a sí misma recordando sus rutinas y se dijo que debía parar aquello.

Pero el olor de Max cuando se metió en la cama, a su lado, era tan familiar que le evocó más recuerdos.

Max no solía dormir con pijama.

«Por Dios, que haya cambiado en eso», rezó Gillian.

No quería encontrarse con su piel desnuda en mitad de la noche, así que se cruzó de brazos y de piernas y se quedó muy quieta, escuchando los ruidos de la noche.

–Buenas noches, Gillian –le dijo Max en tono bajo y seductor.

–Buenas noches –contestó ella en lo que pareció un graznido.

Qué noche tan larga tenían por delante.

Al cabo de unos minutos, quedó claro que la

única que tenía una larga noche por delante era ella porque la respiración de Max se hizo más lenta y profunda, poniendo de manifiesto que dormía plácidamente. ¿Acaso no le afectaba en absoluto su cercanía? Debería sentirse agradecida, pero se sentía casi… insultada.

Gillian se giró hacia un costado y le dio la espalda. Sabía que, tarde o temprano, se quedaría dormida, pero sospechaba que no le iba a resultar fácil.

En algún momento de la madrugada, la voz de Ethan llamándola la despertó. Gillian saltó de la cama y se apresuró a su habitación para sentarse en el borde de su cama y acariciarle el pelo. El niño ni siquiera estaba totalmente despierto, la debía de haber llamado en duermevela, así que la caricia de su madre lo tranquilizó y consiguió que se volviera a dormir.

Ojalá a ella le resultara tan fácil.

Gillian se puso en pie para volver a la cama, pero se quedó helada al ver que Max estaba en la puerta.

En calzoncillos.

El haz anaranjado de la luz de noche que habían dejado encendida en el dormitorio del pequeño le permitió ver eso y también su torso, sus músculos, su piel.

—¿Está bien? —preguntó Max.

—Sí —contestó Gillian andando hacia él.

—¿Lo hace a menudo?

—De vez en cuando —contestó Gillian mirando a su hijo.

Max dudó.

–¿Ha sido difícil hacerlo todo tú sola? –le preguntó, apartándole un rizo de la cara y acariciándole la mejilla.

Gillian sabía que aquel gesto tierno e íntimo podría llegar a gustarle, pero no se lo iba a permitir a sí misma.

–No ha sido fácil –contestó tragando saliva.

–¿Pensaste alguna vez en llamarme? –añadió Max descansando la mano en su hombro.

–Sí.

Todos los días. A veces, a todas horas.

–Pero tú no querías esto.

–No.

–Me he sentido sola a veces –admitió Gillian.

Era la primera vez que lo admitía. Jamás se lo había dicho a nadie. Siempre había querido que los demás creyeran que podía con todo, pero eso no quería decir que no hubiera pensado en él, que no lo hubiera echado de menos.

–¿Y no ha habido nadie después de mí? –quiso saber Max.

–No –contestó Gillian, quien no había tenido ni el tiempo ni las ganas de mantener otra relación con otro hombre.

Se había entregado en cuerpo y alma a su hijo y a su trabajo. Después de cómo la había dejado Max, había sufrido mucho y no le habían quedado ganas de volver a intentar amar a nadie, así que había decidido que prefería pagar el precio de la soledad para proteger su corazón.

Aun así, había echado de menos a Max, había

echado de menos compartir momentos como el que estaban compartiendo.

–Has hecho un buen trabajo. Es un niño maravilloso.

El cumplido y el orgullo con el que lo había dicho la llenaron de calor.

–Gracias, aunque no sé si es mérito mío. Ethan es así desde que nació, siempre ha sido un niño feliz y centrado. He tenido suerte.

–Eso lo ha sacado de ti –añadió Max.

–Puede, pero la determinación que tiene de hacer las cosas como le da la gana es tuya.

Max sonrió y Gillian se encontró feliz de estar compartiendo con él.

–¿Te vas a poder dormir ahora? Recuerdo que no te solía ser fácil –comentó con inocencia.

Pero aquellas palabras hicieron que Gillian recordara la manera que Max había encontrado de dejarla desmadejada y exhausta y lista para dormirse.

–Ahora me cuesta menos –contestó–. Es cuestión de práctica.

Lo que le estaba costando horrores era controlar su reacción ante aquel hombre. Aunque sabía que no debía hacerlo, se moría por acariciarle el pecho, para saber si su piel seguía siendo la de entonces, si la hacía sentir lo mismo…

El aire pareció cargarse de electricidad. Gillian se sentía atraída por él y se acercó un poco más. No debería buscar ni querer sus caricias, pero era el padre de su hijo y había compartido más con él que con ningún otro hombre. Lo cierto es que lo había echado de menos todo ese tiempo.

En la penumbra, Max miró los labios de Gillian, que aguantó la respiración. Sentía el corazón latiéndole aceleradamente.

El tiempo dejó de existir.

Pero, de repente, Max dio un paso atrás y se fue.

Capítulo Seis

Max se despertó sabiendo que algo había cambiado.

Giró la cabeza y vio el cambio en cuestión durmiendo a su lado.

Gillian.

Se había casado con ella.

Su esposa, todavía dormida, respiraba profunda y tranquilamente con los labios entreabiertos. Él había besado aquellos labios el día anterior. Eran los mismos labios que había besado hacía tres años. Eran los labios que había besado en sueños tantas veces.

Durante la noche, Gillian se había movido hacia el centro de la cama y él había hecho lo mismo. La tenía tumbada de costado hacia él, muy cerca. Tenía el pelo desparramado sobre la almohada y un mechón le caía por la mejilla.

Estaba preciosa.

Max sintió que un deseo que no quería ni podía permitirse se apoderaba de él. ¿Cómo podía ser tan débil? Sabía que tenía derecho a seguir enfadado, pero no podía. Tal vez porque tampoco parecía capaz de controlar el deseo que sentía por ella. Y lo peor era que sabía que, aunque Gillian hacía lo que podía por ocultarlo, también seguía deseándolo.

Max no quería desearla y no estaba dispuesto a ser el primero en admitir que seguía habiendo química entre ellos. Por eso, la noche anterior se había apartado de ella aunque su primera reacción había sido la contraria.

Pero eso había sido entonces y lo de ahora era ahora. La tenía cerca y tuvo que apretar los puños para no alargar la mano y apartarle el rizo de la cara.

–Buenos días –le dijo en tono áspero para despertarla y poner fin a aquella tortura.

Gillian abrió los ojos lentamente y, al verlo, los abrió desmesuradamente. Era obvio que se había sorprendido al verlo.

El tiempo se paró.

Gillian abrió la boca levemente, ahogó un suspiro y se dio la vuelta, alejándose de él. Acto seguido, se incorporó y se apoyó en la almohada.

–¿Y ahora qué? –le preguntó sin mirarlo.

A pesar de sus esfuerzos, a Max se le formó una contestación en la cabeza. La contestación que no podía ser. ¿O sí? El hecho de haber decidido que no iba a permitir que aquella mujer se colara en su corazón no tenía por qué querer decir que sus cuerpos no pudieran encontrarse.

A lo mejor era todavía un poco pronto, pero estaban casados, lo que quería decir que iban a pasar mucho tiempo juntos.

Muchas noches juntos.

Sí, la deseaba, pero no era el momento.

–¿A qué hora se despierta Ethan?

Gillian miró el reloj que había sobre la mesilla.

–Más o menos sobre esta hora...

–En ese caso, será mejor que nos levantemos y nos vistamos para poder poner rumbo a Vista del Mar cuanto antes.

Gillian asintió.

–¿Te duchas tú o me ducho yo? –preguntó.

–Tú primero –contestó Max.

Gillian estaba ansiosa de poner distancias, así que se puso en pie rápidamente. En aquel momento, llamaron a la puerta suavemente.

–Servicio de habitaciones –dijo Jake desde el otro lado–. ¿Estáis visibles?

–Un momento –contestó Max–. Vuelve a meterte en la cama –le susurró a Gillian, que se volvió a sentar y a apoyarse en la almohada todo lo lejos que pudo de él–. Más cerca y tápate entera.

–Se va a creer que estoy desnuda.

–Esa es la idea. Si ve tu pijama de osos bailarines, se va a dar cuenta de que no hemos hecho el amor en nuestra noche de bodas.

Gillian se acercó hasta casi tocarlo y Max se dejó caer también hacia el centro de la cama, de manera que sus cuerpos entraron en contacto. Por desgracia, el pijama de Gillian no era barrera suficiente.

–Sigues pareciendo una monja –comentó–. Desabróchate los dos primeros botones y bájate la chaqueta del pijama hasta que se te vean los hombros.

–Pero...

–Venga.

Gillian se mordió el labio inferior y obedeció. Al ver sus hombros, Max la deseó todavía más. ¡Y solo eran los hombros! La parte adolescente que, por lo visto, seguía habitando en él y parecía haberse hecho la dueña de su cerebro, deseó que Jake estuviera en Tombuctú y que Gillian estuviera completamente desnuda de verdad.

Max se recordó a sí mismo que ya no era un adolescente sino un hombre hecho y derecho que controlaba sus emociones y sus instintos. Lo cierto era que tuvo que dar gracias por que el edredón fuera tan grueso porque había cierta parte de su anatomía que no tenía en absoluto controlada en aquellos momentos.

–Pasa.

Jake abrió la puerta y entró con una bandeja de madera.

–No miro –saludó desviando la mirada–. Mamá quería que os subiera el desayuno. Ya le he dicho que no me parecía una buena idea, pero ha insistido…

–Dale las gracias de nuestra parte, pero no hacía falta –contestó Max sinceramente–. Anda, mira por dónde vas, no vaya a ser que te tropieces con la ropa interior de Gillian, que está por el suelo.

–¡No es verdad! –protestó la aludida.

Max le pasó el brazo por los hombros. Estaba rígida. Su mano quedó tocando mitad pijama y mitad piel desnuda. Si no hubiera sido por la presencia de su hermano, habría estado perdido. Hacía demasiado tiempo que no se acostaba con una mujer. Hacía demasiado tiempo que no se acostaba con aquella mujer.

Jake los miró por fin y depositó la bandeja sobre la mesilla más cercana.

—Yo solo cumplo órdenes. Vosotros a disfrutar y a tomaros todo el tiempo del mundo. Ethan ya se ha despertado y está desayunando. Nosotros nos encargamos de él y, si quiere venir a veros, os lo traemos.

Aunque a Max le parecía imposible, Gillian se tensó todavía más.

—No sé si me parece buena idea —comentó, pues su hijo era el parachoques perfecto entre ellos dos, la excusa perfecta para no fijarse demasiado en Max.

—Yo sólo me encargo de dar los mensajes —contestó Jake levantando las manos y dirigiéndose a la puerta—. Buen provecho. Si no surge ninguna urgencia, no volveremos a molestaros —se despidió guiñándoles el ojo y cerrando la puerta al salir.

Gillian volvió a cubrirse los hombros con el pijama y se apartó de Max. Lo hizo tan aprisa que estuvo a punto de caerse de la cama. Max quería volver a sentirla cerca.

—¿Y ahora qué hacemos? —le preguntó.

—Desayunar —contestó Max mirando la bandeja—. Café con magdalenas y huevos revueltos con jamón y salsa holandesa.

—¿De verdad?

—Mi madre me preguntó anoche qué te gustaba desayunar.

–¿Y te acordabas?

–No es para tanto –contestó Max preguntándose si recordar su desayuno preferido no sería otro síntoma de su debilidad por ella.

Aunque se decía una y otra vez que la había borrado de su vida, empezaba a sospechar que no había sido así.

–Gracias.

Max sirvió dos tazas de café y le pasó una. Comieron en silencio. A Gillian siempre le habían gustado los silencios de Max, nunca había sentido la necesidad de romperlos. En ese sentido, era fácil estar con ella.

La observó disimuladamente mientras comía. Así fue como vio que una miga de la magdalena se deslizaba escote abajo. Gillian se apresuró a agarrarla y a echarla fuera. Movimiento suficiente para que Max viera la curva de su pecho y vislumbrara el color de su pezón.

La respuesta de su cuerpo no se hizo esperar y fue fiera.

Salvaje.

Después de dejar su relación, había salido con unas cuantas mujeres, pero no había permitido que ninguna de las relaciones se volvieran serias, no había dejado que ninguna de ellas llegara a afianzarse como para desayunar en la cama.

Pero desayunar en la cama era una tradición en su familia y con Gillian lo había hecho unas cuantas veces. En aquellas ocasiones, a veces se habían quedado leyendo el periódico, pero en la mayoría de los casos habían terminado haciendo el amor durante horas.

Hoy, definitivamente, iba a ser leer el periódico. Tenían que pasarse, por lo menos, tres cuartos de hora más en la cama para que su familia no sospechara. Así que Max se terminó los huevos y agarró la sección de deportes mientras que, tal y como esperaba Gillian, eligió la de pasatiempos, buscó el crucigrama y sacó un bolígrafo de su bolso, que estaba en el suelo junto a la cama.

En los viejos tiempos, solía consultarle si encontraba alguna palabra difícil, pero ahora no lo hacía, prefería mordisquear el extremo superior del bolígrafo mientras pensaba.

En diez minutos tenía el crucigrama terminado. A Max le gustó, pues demostraba que era una mujer inteligente, rápida e independiente.

Demasiado independiente, quizás. Tan independiente que había creído no necesitarlo para nada.

Max vio que Gillian miraba el reloj.

–Sí, ya podemos bajar –comentó.

Gillian sonrió visiblemente aliviada y saltó de la cama para dirigirse al baño a toda velocidad. Max se permitió visualizar, solo unos segundos, por supuesto, aquel cuerpo que conocía tan bien bajo la ducha.

Max estaba metiendo las maletas en el coche mientras Gillian charlaba con Laura en el vestíbulo de mármol cubierto todo él con fotografías familiares. Gillian no entendía por qué una persona que tenía una familia tan unida y tan agradable evitaba a toda costa el contacto cercano con los demás como lo hacía Max.

¿O sería solamente con ella?

Ethan estaba en brazos de su abuela, pasándoselo en grande con su collar de perlas.

El rato que habían pasado con la familia de Max aquella mañana no había resultado tan raro como ella esperaba. Desde luego, había sido porque Laura y Stephen habían hecho todo lo que había estado en sus manos para ponérselo fácil. A pesar de todo, la miraban con muchas preguntas en los ojos y era normal.

Menos mal que Ethan los distraía a todos.

Pronto estaría de vuelta en su casa, en su territorio. Qué gusto. Lo necesitaba. Solo le quedaba una hora y media para poder quedarse a solas y poner en orden lo que había ocurrido en las últimas veinticuatro.

–Stephen, que se van ya –dijo Laura llamando a su marido–. Ahora vuelvo, voy a buscarlo –añadió poniéndole la mano en el brazo a Gillian y alejándose con su nieto en brazos.

Gillian tomó aire y disfrutó del primer momento a solas consigo misma desde que se había montado el día anterior en el coche de Max. En breve, estaría en casa. No tenía ni idea de qué pasaría luego, pero estaba segura de que lo peor ya había pasado.

Se había casado con Max, así que había hecho lo

que él quería, llevar su apellido y permitir que Ethan fuera hijo de padres casados. Gillian estaba dispuesta a disfrutar de lo que aquella situación durase.

Se acercó a la pared y se fijó en las fotografías que había colgadas. Las había visto al llegar el día anterior, pero no había tenido tiempo de mirarlas realmente.

Había una de toda la familia Preston. Estaban bajo un enorme roble. Se notaba que era de hacía muchos años. No era un posado, pues la gente estaba hablando y riéndose, casi ningún miembro de la familia miraba a la cámara. Eran muchos. Gillian los contó e intentó identificar a cada uno.

Entonces, oyó pasos tras de sí y se giró para encontrarse con Max de brazos cruzados.

–El equipaje ya está en el coche –anunció–. ¿Dónde está Ethan?

–Se lo ha llevado tu madre –contestó Gillian volviendo su atención hacia la fotografía de nuevo.

Había seis niños y no los cinco que le había dicho Max. Había dos exactamente iguales. Dos Maxes. Tenían unos diez años y Gillian supuso que uno era Max y el otro el misterioso Dylan que Carter había mencionado la noche anterior. Entonces, sintió una presión angustiosa en el pecho. La única razón para que Max no le hubiera hablado de él era que aquel hermano hubiera muerto. ¿Cuándo habría sucedido? ¿Y cómo?

Se giró hacia Max, que seguía de brazos cruzados y la miraba dejándole claro que no quería preguntas al respecto.

–Voy a buscarlos –anunció yéndose.

Así que tenía un gemelo.

Y no quería hablar de él.

El trayecto en silencio terminó al llegar a casa de Gillian, que no había preguntado nada sobre el gemelo de Max. Él, desde luego, no había sacado el tema tampoco. ¿Lo haría algún día? ¿Y tenía ella derecho a preguntar? No quería ni imaginarse lo horrible que habría sido perder a su hermano gemelo.

Le interesaba saber qué había sucedido, pero comprendía que era una distracción de la gran pregunta: ¿y ahora qué?

Max apagó el motor y continuó en silencio, con las manos apoyadas en el volante.

Gillian miró hacia su casa. Su santuario. Por fin un respiro, su espacio, su tiempo, su territorio, su libertad. Por fin. A ver cuánto le duraba.

Ya habría tiempo de decidir qué iban a hacer.

Max los acompañó dentro con el equipaje. Mientras él subía las maletas al piso de arriba, Gillian se encargó de cambiar a Ethan de camiseta porque se había mojado de agua.

Pronto se habría ido.

Gillian no paraba de pensarlo mientras cambiaba a su hijo. Pronto podría pensar en paz y dilucidar qué quería hacer con su vida porque habían pasado demasiadas cosas en un solo día.

Max bajó lentamente las escaleras y Gillian salió

a su encuentro. Ethan se soltó de su mano y corrió para jugar con sus trenes.

–Voy a por mis cosas –anunció Max desde la puerta–. Estaré de vuelta en una hora, como mucho.

Capítulo Siete

–¿De vuelta aquí? –repitió Gillian dando un respingo–. ¿Qué cosas vas a buscar?

–No tengo muchas. Mi ropa y algunos libros. Mi piso lo tengo alquilado a un amigo. Vivo en el club de tenis.

–Tu ropa –repitió Gillian como un eco–. Pero… no te vas a… ¿no estarás pensando en…?

Max frunció el ceño.

–Nos hemos casado para que nuestro hijo tenga a sus dos padres, así que lo más lógicos, cómodo y práctico es que vivamos juntos. ¿Qué te habías creído? –contestó Max abriendo la puerta.

Gillian sintió que el corazón le latía aceleradamente. Desde luego, no había pensado en aquella posibilidad. Ni se le había pasado por la cabeza. Bueno, más bien, no había permitido que se le pasara, no había querido pensar porque, si lo hubiera hecho, lo habría visto cristalino.

Sabía que Max siempre se salía con la suya y que le gustaba que las cosas estuvieran en orden, en su orden, pero lo que acababa de decir era demasiado. Tenerlo cerca permanentemente, verlo, tocarlo, compartir cosas, tal vez querer cosas de él.

Malo, malo.

–Me parece mucho mejor instalarnos en tu casa que en el club de tenis –continuó Max, como si no se hubiera dado cuenta de los nervios de Gillian o no se la quisiera dar–. Supongo que estarás de acuerdo. Por supuesto, voy a comprar una casa más grande para los tres. De hecho, he visto una en venta en la playa…

–No –lo interrumpió Gillian negando con la cabeza.

–¿No qué?

–No nos podemos ir. Sería demasiado para Ethan. Todavía ni siquiera se ha acostumbrado a ti.

–Tienes razón –contestó Max mirando a su alrededor.

Gillian tenía una casa sencilla y suponía que no tendría nada que ver con las lujosas mansiones a las que Max estaba acostumbrado, pero eso no parecía importarle.

Debería estar agradecida por ello, pero en aquellos momentos no era capaz de encontrar agradecimiento dentro de ella. Intentó dar con algún argumento escueto y sólido para que Max no se mudara a su casa, pero no se le ocurrió ninguno.

Max se quedó mirándola en silencio.

–Bien, entonces está hecho –comentó al ver que Gillian no decía nada.

Una vez a solas, Gillian se apoyó en la pared más cercana y decidió que había llegado el momento de poner límites. Los solía poner normalmente, pero las cosas habían sucedido tan rápidamente que no había podido reaccionar.

Había llegado el momento.

Había permitido que Max se saliera con la suya en todo, que fuera él quien dictara los pasos a seguir y ella incluso había intentado ponérselo fácil. Y lo había hecho por el bien de Ethan, pero, si se había creído que su matrimonio iba a ser de verdad, en el tema del sexo por ejemplo, se había equivocado por completo.

Ya había dado al traste con sus esperanzas y sus sueños una vez y no estaba dispuesta a volver a hacerse ilusiones de nuevo.

La noche anterior lo había deseado, pero había sido un momento de debilidad que no se iba a volver a repetir.

Claro que no.

Tal y como había dicho, Max volvió al cabo de una hora. Lo hizo con una maleta y una bolsa de viaje.

Gillian le abrió la puerta dispuesta a dejarle claras las normas.

—Necesito una llave —disparó él.

Gillian se acercó a la bandeja donde tenía las llaves y sacó una de su llavero.

—Toma —le dijo mientras Max dejaba sus cosas en el suelo—. Ahora ya puedes entrar y salir de mi casa y de mi vida como te dé la gana —le espetó con amargura y miedo.

—En lo de entrar tienes razón —contestó él—, pero no en lo de salir.

—No sería la primera vez que me dejas.

—Te recuerdo que no estoy aquí por ti sino por Ethan.

Aunque Gillian ya lo sabía, aquellas palabras le hicieron daño. Aun así, se dijo que estaba bien que la hubiera puesto en su sitio. A ver si no se le olvidaba nunca que a Max no le importaba en absoluto.

–Nunca eludo mis responsabilidades.

–Ethan no es solo una responsabilidad, es un niño.

–Mi niño.

–Nuestro –lo corrigió Gillian–. Y quiero que sepas que te va a querer con todo su corazón incluso antes de que a ti te haya dado tiempo de decidir si te quieres quedar. Si te vas, le harás daño, le dejarás una cicatriz para toda la vida porque se culpará por tu ausencia, creerá que ha hecho algo malo y que, por eso, tú te has ido.

Max la miró con atención.

–¿Me ocultas algo?

–No –mintió Gillian.

–¿Quién te abandonó a ti?

Gillian tragó saliva. ¿Tan transparente era?

–Nunca hablamos de tus padres –recordó Max.

–Ni de los tuyos tampoco.

–Pero a los míos los acabas de conocer. Ayer le dijiste a mi madre que no conocías a tu padre –añadió en tono amable.

Gillian se preguntó si merecía la pena seguir ocultando aquello y decidió que no, que cuanto más lo ocultara más fuerza le daba.

–Mi madre es una mujer maravillosa, pero mi padre prefirió irse. Estuvo unos años, hasta que yo tuve cuatro, entrando y saliendo de nuestras vidas.

Luego, desapareció para siempre –le explicó sintiendo a su niña herida.

Aunque se había convertido en una adulta, le había costado mucho lidiar con su sentimiento de no ser suficiente y no quería que su hijo tuviera que pasar por lo mismo.

Max siguió mirándola. Una compasión que Gillian no quería envolvió su mirada.

–Lo siento –le dijo acariciándole la mejilla–. Él se lo pierde –añadió apartando la mano–. Yo no soy como tu padre –le aclaró–. Yo he decidido quedarme y me voy a quedar. No me voy a ir ni hoy ni nunca, me voy a quedar hasta que Ethan se independice. Voy a hacer lo correcto.

Eso era exactamente lo que Gillian esperaba oír, pero no se atrevía a creérselo.

–¿Y si llega un día en el que te convences de que lo correcto es irte?

Max negó con la cabeza.

–No me voy a ir –insistió–. ¿Qué hace falta para que me creas?

–Que no te desesperes cuando lleves semanas sin poder dormir porque le están saliendo los dientes o porque no se encuentra bien y tiene fiebre, que no te enfades cuando tire la leche por encima del teclado del ordenador o cuando tengas que cancelar una fiesta porque no tienes canguro, cuando no puedas ir a jugar al golf el sábado porque no te da tiempo a todo y un sinfín de cosas más. Para empezar, te vas a tener que comprar un coche más grande.

–Puedo con todo eso, Gillian –le aseguró Max–.
Y quiero hacerlo –añadió con calma.

–Ya veremos.

–¿Dudas de mí?

–Sí.

–De acuerdo, te voy a demostrar que te equivocas.

–Uno de los dos se equivoca –lo corrigió Gillian
girándose–. Espero ser yo. Ven, que te voy a enseñar la casa.

–Gillian –le dijo Max agarrándola del brazo.

Gillian se giró lentamente hacia él.

–No fue mi intención hacerte daño. Me refiero a
hace tres años. Todo lo contrario. En realidad, hice
lo que hice para evitarte daños mayores.

–No me hiciste daño –mintió Gillian–. Los dos
sabíamos lo que había entre nosotros –añadió comenzando a subir la escalera–. Esta es mi habitación –le dijo señalando la primera puerta de la derecha, que estaba firmemente cerrada.

–¿Con llave? –bromeó Max–. ¿Tienes armas dentro o es que guardas ahí la llave de tu cinturón de
castidad?

Gillian sonrió. Max siempre había podido hacerle reír incluso cuando quería ponerse muy seria.
Precisamente, que fuera capaz de hacerla reír había
sido una de las cosas que más le había gustado de él
cuando lo había conocido. Por supuesto, la química
que pronto había surgido entre ellos había ayudado
mucho.

–Esta es la habitación de Ethan –añadió reclajándose un poco, pero dispuesta a dejarle claro que la que marcaba las normas en aquella casa era ella–. Aquí arriba sólo hay un baño. No sé cómo vamos a hacer…

–Ya encontraremos la manera. Me puedo acoplar a vuestros horarios.

–Y, además, comprensivo –bromeó Gillian con sarcasmo.

En aquella ocasión fue Max quien sonrió. Era evidente que, ahora que se había salido con la suya, no iba a entrar al trapo.

–¿Esta casa es tuya o la tienes alquilada?

–Es mía, la heredé de mi abuela.

De no haber sido así, jamás habría podido permitirse el lujo de vivir en una casa tan grande y tan cerca de la playa. Por eso se había ido a vivir a Vista del Mar en un primer momento, pero lo que la había animado a quedarse había sido su trabajo y la gente de allí. El señor y la señora McDonald, sus vecinos de al lado, le cuidaban a Ethan siempre que lo necesitaba y decían que eran los abuelos postizos del niño porque sus nietos vivían en la costa Este.

–Es una buena casa.

–Me gustaría reformarla algún día, pero ahora mismo no es una prioridad.

–A Kristan le encantaría ponerle la mano encima.

Max le había comentado que su hermana se dedicaba a restaurar casas y estaba a punto a preguntar algún detalle más cuando decidió que ya tenía suficiente con Max, que no quería meter a su familia.

—Esta es tu habitación —anunció abriendo una tercera puerta.

La estancia compartía con la suya una pared y tenía en el centro una cama cubierta por una colcha azul. Además, tenía una cómoda de madera maciza y un reloj de pared antiguo. Gillian se dio cuenta de que era una habitación de lo más masculina. Era como si estuviera esperando a Max.

Aquello la consternó.

Max la siguió al interior y dejó su equipaje en el suelo. Acto seguido, abrió el armario.

—He vaciado todo lo que he podido en el rato que has estado fuera —le dijo Gillian—, pero voy a necesitar un poco más de tiempo para quitar esas cosas que hay en las estanterías. Son libros de texto y cajas de apuntes.

—No te preocupes, ya habrá tiempo de hacerlo —contestó Max—. Además, no tengo casi nada, solo esto —añadió señalando sus pertenencias—. ¿Y dónde trabajas cuando lo haces desde casa?

—Aquí —admitió Gillian señalando una mesa con su ordenador y sus diccionarios—, pero puedo trabajar desde la cocina.

—¿Tienes Internet?

—Sí.

—¿Wifi?

—No.

—Eso me encargo yo de solucionarlo.

Gillian estuvo a punto de oponerse porque no le

hacía ninguna gracia que Max creyera que podía reorganizarle la vida como le diera la gana, pero, ¿para qué? Eso era exactamente lo que estaba haciendo porque ella se lo había permitido.

–Muy bien –contestó.

Max sonrió encantado, fue hacia la cama y se sentó.

–Muy cómoda –comentó fijándose en el cabecero y poniéndose serio–. ¿Es esta la cama que…?

Gillian asintió. Sí, era la cama que tenía cuando estaban juntos, la cama en la que habían dormido y habían hecho el amor. Cuando su relación había terminado, se había comprado otra para ella, pero se había quedado con aquella para la habitación de invitados.

Los recuerdos los invadieron a ambos.

Su relación había terminado de manera tan abrupta… habían pasado de la pasión y la alegría a… nada, absolutamente nada. No había habido malos momentos porque no les había dado tiempo a tenerlos, así que todos los recuerdos que Gillian guardaba de Max eran buenos, muy buenos. Y los que Max guardaba de ella igual.

El tictac del reloj le recordó que no podían echar el tiempo atrás, así que Gillian dio un paso atrás y Max se puso en pie.

Tomó la palabra.

–Tenemos que hablar –anunció.

–No me parece buena idea –contestó Gillian.

Era consciente de que tenían que hablar, efectivamente, pero no quería hacerlo ni allí ni en aquellos momentos. Había visto cómo la miraba Max y no quería confundirse.

–Pero si esta misma mañana has estado tumbada a mi lado en la cama –le recordó Max.

–Porque no me ha quedado remedio, pero eso no se va a volver a repetir.

–¿De verdad? –insistió Max a pesar de que a él tampoco le hacía ninguna gracia la atracción que había entre ellos.

–Sí, mira, te vas a quedar algún tiempo…

–Mucho tiempo, ya te lo he dicho. Cuando tomo una decisión, nada ni nadie me hace cambiar de parecer.

–Si tú lo dices… en cualquier caso, durante el tiempo que te quedes en esta casa, cada uno tendremos nuestro espacio. Hablando claramente: tú vas a dormir única y exclusivamente en esta habitación y yo voy a dormir única y exclusivamente en mi habitación –sentenció Gillian.

–Yo también estoy asustado por lo que siento por ti. No quiero sentirlo –admitió Max.

Gillian lo miró sorprendida. No daba crédito a lo que acababa de oír.

–Yo no estoy asustada –mintió, recordando el desayuno de aquella mañana–. ¿Por qué no te instalas? –añadió ya en la puerta–. Ethan y yo vamos a comer dentro de un rato. ¿Quieres comer con nosotros?

–Sí, gracias –contestó poniéndose pie–. ¿Qué te parece si hacemos un picnic en la playa?

Gillian miró por la ventana. Estaba despejado.

Hacía un poco de frío y tendrían que abrigarse, pero era buena idea.

–Seguro que a Ethan le gusta.

–¿Y a ti?

¿De verdad le importaba?

–A mí también –contestó Gillian con total sinceridad.

Prefería estar fuera, al aire libre, que en la misma casa que Max, en la misma habitación que Max, con Max a poca distancia, tan cerca que, si alargara la mano, podría tocarlo.

–Gillian, hubo muchas cosas buenas en nuestra relación.

–Era superficial.

–Eso es lo que yo quería en aquel entonces y creía que tú querías lo mismo.

–¿Y ahora qué quieres, Max?

Max dio un respingo y salió de la habitación pasando a su lado.

–Quiero ser un buen padre para mi hijo. Es lo único que me importa. Quiero lo mejor para él, no quiero perderme nada de su vida, quiero estar a su lado en los buenos y en los malos momentos.

–Entonces, los dos queremos lo mismo. Será mejor que no compliquemos las cosas.

Max agarró a Ethan en brazos para entrar en casa. El niño se había quedado dormido en el coche, volviendo de la playa. Tras subir las escaleras y depositarlo en su cama, se quedó mirándolo. Gillian le puso su mantita cerca de la mano y lo miró también.

—¿Siempre duerme así de profundamente? —quiso saber Max.

—Normalmente, sí y, cuando vamos a la playa, más —contestó Gillian.

Se habían pasado más de una hora recogiendo conchas. Qué raro y qué normal a la vez se le hacía a Gillian que los tres hicieran un plan así. Y era evidente que Ethan estaba disfrutando de la compañía de su padre.

Todo lo contrario que Gillian, que estaba al borde de un ataque de nervios. Cada vez que sus manos se rozaban, cada vez que sus miradas se encontraban, cada vez que Max le miraba las piernas de manera inequívoca…

Max se estaba mostrando considerado, atento y encantador y aquello la desconcertaba por completo porque, después de tres años haciéndolo ella todo sola, tener ayuda de repente, contar con la atención de un hombre y resultar atractiva a sus ojos era una sensación muy potente. Cada caricia y cada mirada revivían una atracción que era innegable.

—Me voy a duchar —anunció Gillian, porque tenía arena por el pelo y porque necesitaba una excusa para distanciarse de Max un rato.

De poco le sirvió. En el baño había un frasco de su colonia, su maquinilla de afeitar y su brocha para la espuma. Para colmo, su champú y su acondicionador estaban junto a los de Gillian en la ducha.

Mientras el agua resbalaba por su cuerpo, Gillian pensó en el aprieto en el que se encontraba.

Estaba compartiendo a su hijo con él, compartiendo su casa con él, durmiendo al otro lado de la pared.

Sí, estaba metida en un buen lío.

Capítulo Ocho

Rafe Cameron levantó la mirada de la pantalla de su ordenador cuando Max entró en la oficina el lunes por la mañana.

–¿Y bien? ¿Has conseguido solucionar la situación con la periodista del *Seaside Gazette*?

Su jefe era igual que él, no perdía el tiempo en rodeos. Esa era una de las razones por la que trabajaban tan bien juntos.

Max se sentó en una de las butacas de cuero que había frente a la mesa de Rafe.

–Se llama Gillian Mitchell –dijo.

–Continúa.

–Me he casado con ella.

Rafe enarcó las cejas.

–¿Tú también? ¿Pero que está pasando aquí? –exclamó.

Al principio, Max no supo de qué estaba hablando, pero luego recordó que Chase Larson, el hermanastro de su jefe, le había dicho recientemente que Emma Worth, la hija del fundador de la empresa que Rafe había absorbido, estaba embarazada de él y se habían casado en una ceremonia muy íntima en la finca de los Worth.

Rafe se echó hacia atrás en su butaca.

–Ya sé que te pido mucho y que tú siempre te has entregado al trabajo con esmero, pero esto es ir demasiado lejos.

–No me he casado con ella por el trabajo. Hay más.

–Me alegro –contestó Rafe atendiendo al teléfono móvil–. Es mi padre. Acaba de volver de China, así que voy a hablar con él.

Max se puso en pie.

–Me voy.

–No hace falta. Quédate y, luego, me cuentas.

Max se acercó al ventanal y entre las palmeras y más allá de los tejados rojos divisó el océano Pacífico y el club de tenis, que había sido su hogar hasta hacía bien poco. Intentó no escuchar la conversación entre Rafe y Bob, su padre, con el que había coincidido en un par de ocasiones y al que respetaba y apreciaba. Aun así, no pudo evitar registrar los diferentes tonos de voz de Rafe, que pasó de interesado a sorprendido y terminó en neutral, el tono que empleaba para ocultar sus sentimientos.

Tras despedirse, Rafe colgó y dejó el teléfono delante de él, lo miró y frunció el ceño.

–Qué raro.

–¿Ha ocurrido algo en China?

–No, China les ha encantado –contestó Rafe refiriéndose a su padre y a Penny, su segunda mujer–. Es por la compra de Industrias Worth. Mi padre se ha puesto de lo más extraño con este tema.

–No creía que le interesaran tus negocios.

–Y no le han interesado en ningún momento,

pero ahora me viene con que está preocupado por que yo esté buscando venganza.

Max carraspeó y Rafe sonrió.

–Está bien, tal vez tenga razones para estar preocupado por eso, pero hay algo más. Me ha dicho que la venganza hace más daño que otra cosa. Se ha puesto muy profundo y filosófico, que no es nada propio de él. Normalmente, cuando mi padre quiere decirte algo, te lo dice y punto, pero esta vez se ha dejado algo en el tintero, estoy seguro –contestó Rafe–. Bueno, volvamos a lo tuyo. Me estabas diciendo que te has casado con nuestro problema en el *Seaside Gazette*.

–Gillian.

–Eso. ¿Y cómo se te ha ocurrido algo así? Siempre has dicho que la vida de soltero era la mejor para ti.

–Sí, así era –contestó Max.

Era cierto que antes le había ido bien la vida de soltero, una vida superficial y divertida, pero ahora, con Gillian y Ethan, todo había cambiado. Las emociones se la habían desmadrado y ya no las controlaba. No podía dejar de pensar en ellos. No podía dejar de pensar en Gillian.

–La conocía de antes –admitió.

Rafe asintió, indicándole que continuara.

–Resulta que tuvo un hijo que es mío –añadió.

–¿Estás seguro?

–Sí –le aseguró Max–. Por eso nos hemos casado.

–No sería la primera mujer que endosa un niño.

Max sintió una repentina irritación.

–Gillian no es así –contestó con seguridad–. Además, Ethan es exactamente igual que yo.

Rafe se encogió de hombros.

–Bueno, supongo que, entonces, a partir de ahora, hará lo que tú le digas.

–No creo –contestó Max pensando en Gillian, una mujer decidida y de carácter fuerte–. No suele permitir que nadie le diga lo que tiene que hacer –añadió pensando en su propia situación.

No quería cometer el error de decirle a Gillian lo que iba a suceder entre ellos en el plano físico, pero lo tenía muy claro. Lo único que estaba haciendo era concederle tiempo para que ella también asimilara que entre ellos seguía habiendo química.

–Estoy seguro de que sabrás apañártelas –lo despidió Rafe.

Una vez en el pasillo, Max se cruzó con Chase, que iba para el despacho de su jefe con una expresión casi soñadora en el rostro.

Max se fue a su oficina y se sentó. Al instante, se encontró pensando en Gillian. La noche anterior habían cenado los tres juntos como una familia en el pequeño comedor de madera. Menos mal que Ethan no había parado de hablar.

Si hace un par de días le hubieran preguntado qué le habría parecido una cena así, hubiera dicho que no había nada en el mundo que le hubiera gustado menos, pero la verdad era que había sido una bendición comparada con sus solitarias cenas.

Había compartido momentos con su esposa y con su hijo, miradas, caricias, risas... Un mundo nuevo. Sin embargo, no debía dejarse arrastrar y encandilar. Estaba allí por el bien de su hijo y, por extensión, por el bien de Gillian, pero no iba a entregar el corazón.

No iba a permitir que Ethan y Gillian tomaran posesión de él.

Sabía que Gillian había visto la fotografía en la que aparecía Dylan y le agradecía que no hubiera hecho preguntas porque, por muy curiosa que fuera, en aquella parcela de su vida no iba a entrar. La muerte de su gemelo lo había aterrado tanto que había marcado su vida.

Nada después de aquello le había llegado tan hondo. No quería volver a vincularse de manera tan profunda con nadie, no quería amar tanto a nadie. Eso significaba que había que poner límites, así que iría a casa a ayudar a bañar y dar de cenar a Ethan, disfrutaría de leerle un cuento y del abrazo que el niño le daba cuando lo acostaba y, luego, se iría a cenar por ahí. Solo. Sí, podía aprovechar para volver a la oficina y trabajar un rato. Así, iría dejando claro cuál iba a ser su rutina. Quería que Gillian lo entendiera cuanto antes.

Mientras apagaba el motor del coche delante de la casa de Gillian, se dijo que lo que sentía no era ilusión y que, si lo era, era producto de ir a ver en breve a su hijo, aquel niño que lo había aceptado tan rápida e incondicionalmente.

La ilusión no tenía nada que ver con volver a ver

a Gillian, que lo había aceptado en su vida porque no había tenido más remedio y que se mostraba reservada y distanciada… excepto cuando se le olvidaba.

Max se desanudó la corbata mientras caminaba hacia la puerta. La última vez que había visto a Gillian aquel día había sido aquella mañana, atando a Ethan en su sillita del coche. Y había recordado aquella imagen varias veces a lo largo del día, pues la falda que llevaba dejaba al descubierto unas piernas estupendas.

Gillian se había girado y lo había sorprendido mirándola. Al instante, el deseo se había instalado entre ellos, pero ambos se habían apresurado a apartarlo. Max se había puesto a consultar un correo electrónico en su teléfono móvil y Gillian se había incorporado y se había cruzado de brazos mientras le explicaba que llevaba a Ethan a la guardería por las mañanas de camino al trabajo y lo recogía, ya comido, al volver a casa para seguir trabajando allí por la tarde, lo que hacía dependiendo de lo que Ethan durmiera.

Así que Gillian trabajaba todo el día. A Max no le pareció una vida de calidad. Claro que él hacía lo mismo. Trabajaba todo el día y, a veces, también por las noches y los fines de semana, paraba para jugar al tenis o ir al gimnasio, alternaba con la gente «correcta», es decir colegas y socios con buenos contactos en política y medios de comunicación. Por supuesto, salía de vez en cuando con alguna mujer, siempre guapa, soltera y superficial. Se iba de vacaciones dos veces al año, una vez en invierno a esquiar a Suiza y otra en verano al Caribe, siempre en hoteles de lujo.

Nunca se había pasado dos horas en la playa recogiendo conchas. Mientras lo hacía, una vocecilla en su interior le había preguntado si su próspera vida no sería también estéril y vacía. Por supuesto, había apartado aquella duda de su mente a toda velocidad.

Max metió la llave en la cerradura de la puerta de entrada. Se sentía como un intruso, pero la risa de Ethan lo impulsó a entrar. Desde el umbral, vio a su hijo y a su esposa.

Aquello era surrealista.

Estaban en la cocina. Ethan estaba sentado en su trona, comiéndose un plátano. Bueno, se suponía que debía de estar comiéndoselo, pero buena parte de la fruta estaba espachurrada entre sus dedos. A sus pies, había guisantes por todas partes.

Gillian, ataviada con una camiseta que marcaba sus curvas y con el pelo recogido en una cola de caballo, levantó la mirada y sonrió al ver su cara. Sonreía por no reírse, era obvio.

–¿Te estás riendo de mí o conmigo? –le preguntó Max.

–Más bien, de ti –admitió Gillian–. Te tendrías que ver la cara que estás poniendo.

Gillian era la única mujer que se había reído de él. Normalmente, las mujeres se lo tomaban muy en serio, así que aquella nueva conducta resultaba refrescante y provocadora. Tan provocadora que a

Max se le ocurrió que, si se acercara y besara aquellos labios que sonreían de manera socarrona, seguro que Gillian dejaba de sonreír.

–Papá –dijo Ethan elevando las manitas hacia él. ¿Quería que lo tomara en brazos?

Aquello hizo que Gillian se riera a carcajadas. Ante su risa contagiosa y sensual, Max cruzó la cocina, se acercó a ella y la besó. Sintió su sorpresa, su necesidad y su deseo. Sus bocas estaban hechas para encontrarse, eran perfectas la una para la otra.

A Max le hubiera gustado seguir, pero se apartó y, sin mirarla, besó a Ethan en la frente.

–Voy a cambiarme y ahora vengo, tigre –le dijo saliendo a continuación.

No tendría que haber sido así. Se suponía que, al besarla, Gillian quedaría desconcertada, pero el que había quedado desconcertado había sido él. Se suponía que él no se iba a deleitar en las sensaciones.

Control.

Max estaba acostumbrado al control, a controlarse él y a controlar la situación. Ya iba siendo hora de recuperar el control. Tenía que ser Gillian quien le pidiera que la acariciara y no al revés, así que, cuando volviera, atendería a Ethan y, luego, se iría. Así, le demostraría a Gillian y se demostraría a sí mismo que era indiferente al deseo pasado y presente.

***

Un cuarto de hora después, Gillian estaba sentada en el suelo con las piernas cruzadas mientras Ethan jugaba con sus trenecitos. Nerviosa, escuchaba a Max subiendo las escaleras. Lo de besarse no formaba parte del plan.

Estaba enfadada consigo misma porque sabía que había revelado demasiado en aquel beso. Max la había tomado por sorpresa y Gillian no había podido refrenar el deseo. Max siempre había besado bien. Solamente habían sido unos segundos, pero había sido más que suficiente.

En realidad, había sido un beso demasiado largo porque no tendría que haberse producido jamás. Sin embargo, a la parte de sí misma que no se atenía a razones le había parecido demasiado corto. Aquella parte era la que llevaba demasiado tiempo sola, la que había echado de menos a Max y lo que podría haber habido entre ellos.

—Si tienes cosas que hacer, yo me puedo quedar jugando con Ethan —comentó Max desde la puerta.

Se había puesto unos vaqueros desgastados y una camiseta negra y la miraba con ojos que decían demasiado.

—Gracias —contestó Gillian poniéndose en pie.

Mientras se cambiaban los sitios, sus miradas se encontraron y el deseo pasó entre ellos. Gillian recordó su boca, su sabor, su tacto, lo que había provocado en ella. ¿Habría sentido Max lo mismo? ¿Iba a volver a besarla?

Gillian sintió calor por todo el cuerpo y se apresuró a salir de la habitación, agarró su ordenador y se fue a la cocina a intentar trabajar. Tal y como había prometido, Max ya había mandado instalar wifi. También había contratado, con permiso de Gillian, a una asistenta para que su presencia no se tradujera en más trabajo para ella. Gillian se quedó mirando la pantalla del ordenador. Supuestamente, estaba trabajando en la primera frase de su próximo artículo, pero media hora después seguía mirando la misma pantalla en blanco y recordando las sensaciones que le había producido el beso de Max.

Su reacción había sido patética y poco disciplinada.

¿Qué le estaba ocurriendo?

Sabía lo que le estaba ocurriendo.

Max.

Tenía que madurar y ser más fuerte.

Gillian se obligó a concentrarse, abrió el documento en el que guardaba el borrador del artículo que había preparado para resumir el último pleno del ayuntamiento, que había versado casi en su totalidad sobre la compra de Industrias Worth por parte de Rafe Cameron. Lo tenía prácticamente terminado, pero decidió que quería la opinión de Rafe, quería que el nuevo propietario diese su versión de los hechos.

El aludido había rechazado varias veces sus tentativas de entrevista, pero ahora podía pedírselo a Max. Claro que no habían hablado de sus trabajos. Los dos sabían que ya tenían bastante entre manos como para, además, complicar más las cosas hablando de sus trabajos.

Diez minutos después, decidió dejar de fingir que estaba trabajando y se puso un videojuego. Eligió uno en el que era una heroína que podía machacar cualquier obstáculo que se pusiera en su camino. En aquel mundo todo era mucho más sencillo y estaba muy claro quiénes eran los buenos y quiénes eran los malos.

Le ayudó a dejar de pensar en Max.

Max, que la había dejado. Max, que había vuelto a su vida. Max, que besaba como los ángeles. Max, que también quería retomar su relación física. Física, pero nada más. Max, que no compartiría nada más de sí mismo, que jamás le hablaría de su gemelo muerto.

Un cohete estalló y los malos acabaron con ella. Eso le pasaba por distraerse.

Podía averiguar qué le había sucedido a Dylan buscando en Internet, pero no quería cotillear. Además, quería que fuera Max quien se lo contara. Cuando estuviera preparado. Si es que alguna vez lo estaba. ¿Sería demasiado pedir?

Gillian volvió a poner el videojuego e ignoró las risas procedentes del salón, una mezcla de deleite infantil y regocijo masculino.

–¿Sigues jugando a ese juego?

Gillian cerró la pantalla. Max estaba en la puerta con Ethan en brazos.

–A veces –contestó.

–Tienes otra consola en el salón, ¿no?

–Eso demuestra que no salgo mucho, supongo –contestó Gillian intentando no darle importancia.

En realidad, lo que le estaba pasando era que estaba recordando que solían jugar los dos juntos, cómo competían ya fuera en los juegos de carreras de coches o en los de ciudades futuristas. Antes de empezar la partida, solían apostar y dejar claro qué haría el que perdiera. A los dos les gustaba esa forma de jugar.

Necesitaba dejar de recordar, así que consultó su reloj.

–Hora de bañarse, ¿no? –comentó risueña–. Venga, vamos arriba a desnudarnos.

Max enarcó una ceja.

–Tú no… Ethan –le aclaró Gillian.

Demasiado tarde. Ya estaba recordando una vez que había perdido y había tenido que desnudar y bañar a Max.

–¿Quieres que te ayude? –le preguntó Max como si no estuviera recordando lo mismo.

–No, no hace falta, gracias –contestó Gillian molesta consigo misma.

–Me gustaría hacerlo –insistió Max.

–De acuerdo –accedió Gillian tragando saliva.

Max llevó a Ethan a la planta de arriba y Gillian los siguió. Bañaron al niño y lo acostaron. A continuación, le leyeron un cuento hasta que se durmió. Luego, por primera vez, permanecieron en silencio. Gillian estaba sentada en el borde de la cama y Max en la butaquita.

Lo único que había era silencio y deseo.

«¿Y ahora qué?», se preguntó Gillian.

Las noches con Ethan eran estructuradas, relativamente predecibles y fáciles. Las noches con Max eran desconocidas en esta nueva situación. Tenían tiempo por delante. Ellos dos solos.

Max se puso en pie y la miró.

–Voy a salir. Nos vemos mañana.

–Muy bien –contestó Gillian intentando disimular su sorpresa.

Sabía que no tenía derecho a sorprenderse, que Max se había casado con ella por Ethan, que tenía su vida, de la que ella no sabía nada… podía pedirle que se quedara, que la acariciara… abrió la boca para hacerlo, pero no le salieron las palabras.

Cuando la puerta de la calle se abrió y se cerró seguía allí sentada, mirando a su hijo. Cuando se volvió a abrir y a cerrar, indicando la vuelta de Max, estaba tumbada en la cama sin poder dormir. Desde allí, lo oyó ponerse el pijama y meterse en la cama, aquella cama que habían compartido en un tiempo en el que todo era sencillo.

¿Pensaría Max en ella? A veces, le parecía que sí.

Gillian levantó la mano y la echó hacia atrás, tocando la pared que los separaba. Las fantasías la estaban llevando a querer rendirse, quería levantarse, dejar su cama, dirigirse a la que habían compartido tan activamente hacía unos años, meterse en ella y apretarse contra el cuerpo de Max. Tenía la sensación de que unos hilos invisibles la atraían hacia él.

¿Y si se dejara llevar?

Max la dejaría entrar, incluso se acostaría con ella, pero no se entregaría, no la dejaría llegar a su corazón.

Tampoco era que ella quisiera eso, ¿no? ¿Cómo que no? Bajo el deseo físico que sentía por él latía un anhelo más profundo.

Por eso, no se dejó llevar.

Aquel jueves a media mañana, Gillian se encontraba ante el mostrador de Empresas Cameron, intentando convencer a la inflexible recepcionista de que le dejara pasar a entrevistar a Rafe. No le quedaba mucho tiempo si quería incluir en su artículo la opinión personal del aludido, pero, a pesar de que estaba intentándolo por todos los medios, la joven no le había confirmado siquiera que Rafe estuviera en su oficina.

Max estaba dispuesto a contestar a sus preguntas, pero Gillian no quería las respuestas edulcoradas de Max sino las palabras directas de Rafe, quería ver los ojos de Rafe cuando contestara a algunas de sus preguntas.

–¿Gillian? ¿Ocurre algo? –dijo Max a sus espaldas visiblemente sorprendido–. ¿Le ha pasado algo a Ethan?

–No, Max, tranquilo, el niño está con la señora McDonald.

Max la miró y se pasó los dedos por el pelo. Gillian se dio cuenta de que no era la primera vez que hacía aquel gesto. Era algo que hacía muy a menudo cuando trabajaba. Gillian se dio cuenta de que repente de que lo estaba mirando fijamente, comiéndoselo con los ojos.

¡Y de que él también la estaba mirando fijamente, como cautivado!

La recepcionista carraspeó.

–La señorita Mitchell quiere hablar con el señor Cameron.

Max tomó a Gillian del codo y señaló con la otra mano hacia los despachos desde donde había venido.

–La señorita Mitchell puede hablar conmigo.

Capítulo Nueve

–¿Saben que nos hemos casado? –le preguntó Gillian mientras Max abría la puerta de su despacho.

«¿Saben que vivimos juntos? ¿Saben que esta mañana me has hecho el café? ¿Saben que el olor de tu espuma de afeitar ha invadido mi cuarto de baño?», se preguntó Gillian en silencio.

–Lo sabe solamente Rafe –contestó Max dejándola pasar primero–. Y no es amigo de cotilleos.

¿Qué querría decir que solamente se lo hubiera contado a su jefe? ¿Era por que no consideraba su matrimonio un matrimonio de verdad? Como ella no se lo había contado a nadie, decidió no seguir por aquella línea de pensamiento.

–¿Y cómo se lo ha tomado? Primero Chase y ahora tú. Los dos con conexiones con el enemigo.

–Ya que lo preguntas, te diré que se lo ha tomado muy bien. Al estar casada conmigo, te cree de su parte.

Gillian dio un respingo y se volvió hacia él. Max la miraba divertido. Gillian sonrió ante aquel momento de complicidad que pedía algo más, algo que no podía ser.

–Entonces, no es tan listo como la gente cree.

–Puede que no lo sea en el terreno de las relaciones.

Gillian tampoco se sentía especialmente lista en aquellos momentos. El deseo le nublaba la razón y deseo era lo que estaba viendo en los ojos de Max, estaba allí, clara y llanamente, llamándola.

Gillian apartó la mirada y se paseó por su despacho, fijándose en su mesa grande de madera clara, su ordenador y su taza de café.

–¿Has venido por trabajo o…?

Gillian se giró hacia él. No hacía falta que dijera más.

Max estaba de espaldas a la puerta y parecía compungido, como si no hubiera sido su intención sacar a relucir el tema del placer. Algo chisporroteó en el aire y, de repente, a Gillian le costó respirar. Adiós a la contención. Los recuerdos de aquel hombre al que había besado tantas veces salieron a la luz.

–Por trabajo –contestó sin embargo.

Y era cierto que había ido por motivos de trabajo… aunque su mente estuviera ocupada en otras cosas. Aquella era la primera vez que estaba a solas con Max y sin Ethan, lejos de la casa en la que ambos se movían con pies de plomo.

Gillian se dijo que debía desviar la mirada para que Max no percibiera su deseo, así que se acercó a las ventanas y miró hacia fuera.

–Quería hacerle unas preguntas a Rafe.

–A lo mejor te puedo ayudar yo.

Sí, claro que la podía ayudar, pero a otras cosas.

Gillian se sentía como si estuvieran cada uno a un lado de un ancho y caudaloso río, ella pegada a la ventana y él a la puerta. Se moría por cruzarlo, pero no sabía cómo. Entonces, oyó el pestillo de la puerta.

–Gillian –murmuró Max acercándose.

Lo tenía al lado. Había cruzado.

Como Dorothy en *El mago de Oz*, supo que las palabras que necesitaba estaban en su interior, que siempre habían estado allí.

–Max –le dijo alargando los brazos hacia él.

Max le tomó el rostro entre las manos y deslizó los dedos entre su pelo mientras la besaba apasionadamente. Gillian sentía el mismo apetito por él, un apetito nacido de la negación a la que se había sometido a sí misma desde que Max había vuelto a su vida, un apetito que se fue haciendo cada vez más potente y urgente a medida que Max iba apoderándose de su boca. Aquel beso sin restricciones hizo que se perdiera en él y que recordara lo que venía a continuación.

Gillian se aferró a los hombros de Max mientras sus cuerpos entraban en contacto atados por sus bocas y sus brazos.

Eso era lo que echaba de menos, el vacío que sentía en su interior desde hacía años.

Gillian le desabrochó los botones de la camisa y acarició con las palmas de las manos su abdomen y su torso. Sintió el corazón de Max latiendo aceleradamente, como el suyo. Max tenía la respiración tan entrecortada como ella.

El deseo que Max sentía por ella la inflamó.

Ella también lo deseaba.

Desesperadamente.

No podía seguir poniendo freno a su necesidad. Quería todo lo que Max pudiera ofrecerle y se iba a asegurar de que le quedara claro.

Max le desabrochó los botones de la blusa a Gillian, devolviéndole el favor. Mientras la abrazaba con un brazo, con la otra mano encontró uno de sus pechos y comenzó a acariciarlo, sopesándolo y jugando con el pezón hasta hacerla jadear.

Y siguieron besándose y moviéndose como en una danza hasta que Gillian se dio contra la mesa del despacho. Entonces, Max la sentó encima y le levantó la falda para acariciarle los muslos con las manos abiertas y colocarse entre ellos. Desde ese lugar, volvió a encontrar los pechos de Gillian y gimió de placer mientras los acariciaba por encima del sujetador.

A sus manos le siguió su boca, que se inclinó para tomar posesión de uno de sus pezones a través del encaje. Gillian tuvo que morderse los labios para no gritar de placer. Estaba tan concentrada en las sensaciones que no se dio cuenta de que Max había encontrado el cierre de su sujetador hasta que no se lo desabrochó. Vio cómo la miraba, con qué deseo la observaba y supo que ella lo estaba mirando igual.

Max paseó su lengua por su escote y su hombro y Gillian echó la cabeza hacia atrás para darle acceso al cuello. Lo único que le importaba era el calor que emanaba del cuerpo de Max y el fuego que ella sentía por dentro.

Con una mano en cada pecho, comenzó a besarla por el cuello, dejando un reguero de lava a su paso, hasta que se encontró con sus labios. Entonces, deslizó sus dedos a través del pelo de Gillian y la besó más profundamente. Sus lenguas se encontraron y se hermanaron en la exploración de su entorno.

La boca y el cuerpo de Gillian recordaban perfectamente y respondieron a aquellos estímulos. Max era su pasado y su presente. Su ahora. El hombre que podía satisfacer sus necesidades.

Max se apartó un poco para bajarle las braguitas y dejarlas caer al suelo. Nada más hacerlo, volvió a colocarse entre sus piernas.

Gillian le acarició el torso, sintió sus pequeños pezones masculinos y sus músculos, recordó la textura de su piel, sus caricias y el deseo que le producían, un deseo que se había intensificado durante los años que había estado sin él.

Gillian deslizó las manos ávidamente hacia la cremallera del pantalón de Max para liberar su miembro. Max le dio entonces un preservativo y entre los dos lo colocaron en su sitio. Cuando lo hubieron hecho, Gillian tomó su pene y lo guió hacia el centro de su cuerpo. A continuación, lo miró y vio que Max la miraba extasiado.

–Tócame –le pidió, abrazándolo de la cintura con las piernas–. Tómame –añadió desesperada.

Max rugió y se introdujo en su cuerpo de una

sola y limpia estocada que la llenó. El tiempo se paró ante aquella perfección. Max salió de su cuerpo y volvió a entrar mientras la agarraba de las caderas.

Y repitió aquel movimiento infinidad de veces.

Cada caricia y cada movimiento hacían que el deseo de Gillian fuera siendo cada vez mayor hasta que se encontró perdida en una nebulosa de desesperación que fue *in crescendo* hasta que explotó sin gritar.

Max se apoderó de su boca para beberse los gritos de placer mientras Gillian se agarraba con fuerza a sus hombros y él se dejaba ir también en unas embestidas finales.

Gillian sintió que la tensión dejaba lugar a la satisfacción. Mientras los músculos de sus cuerpos se relajaban, Max la abrazó con fuerza y apoyó la cabeza sobre la suya. Gillian aspiró su olor a colonia, hombre y sexo. Le hubiera gustado quedarse así para siempre porque en aquel lugar las cosas eran puras y sencillas entre ellos.

Max elevó la cabeza y la miró un segundo, antes de besarla suavemente en los labios.

A continuación, se apartó y se abrochó la camisa y los pantalones. Gillian echó la cabeza hacia delante y dejó que el pelo le cubriera el rostro mientras se peleaba con el cierre del sujetador. Max le apartó las manos cariñosamente y le abrochó la prenda. A continuación, le abotonó la blusa con reverencia. Gillian lo dejó hacer y lo observó mientras lo hacía. Era imposible saber lo que estaba pensando, pues sus ojos azules no reflejaban nada, pero rezó para que los suyos tampoco lo hicieran.

Hacer el amor siempre había sido una experiencia sísmica entre ellos, pero ya no era suficiente. Ella quería… más.

No deberían haber… Gillian apartó la mirada, se bajó de la mesa, se puso las braguitas y se alisó la falda.

¿Acababan de romper el frágil equilibrio de su nueva relación?

Max se dio cuenta de que Gillian se estaba cerrando, así que le acarició el mentón y percibió tensión, casi miedo. Con cuidado, la obligó a levantar el rostro para que lo mirara a los ojos.

—No pasa nada.

—¿De verdad?

De alguna manera, Max siempre había sabido que iba a volver a haber algo físico entre ellos. Lo que no había imaginado había sido que hacer el amor con Gillian iba a hacer que los cimientos de su mundo se estremecieran.

—No compliques las cosas, no te arrepientes de lo que acabamos de hacer –le aconsejó, pensando que él debía hacer lo mismo.

Tenían que hacer como si aquello no tuviera importancia. No iba a resultar fácil, pero había que intentarlo.

—Pero…

Max negó con la cabeza.

–Sabes que hacemos buena pareja en muchas cosas y esta es una de ellas. No lo conviertas en algo confuso, oscuro y furtivo. Esto nos lo podemos permitir.

–Pero… –insistió Gillian.

–¿Pero qué?

Gillian abrió la boca y Max se fijó en aquellos labios que había besado hacía tan poco y pensó en lo mucho que le gustaría volver a besarlos. Gillian tenía el pelo revuelto y pinta de haber hecho lo que, efectivamente, acababa de hacer: acostarse con él en su despacho.

–Nada –contestó frunciendo el ceño.

–¿En qué estás pensando?

–Solo en…

Max esperó.

–En que esto podría complicar las cosas.

–O simplificarlas.

–No creo.

–¿Y si lo intentamos y vemos qué pasa?

Gillian sonrió de medio lado. Max conocía bien aquella sonrisa, era la sonrisa de la periodista desconfiada.

–¿Para que puedas tener sexo siempre que quieras?

Max se dijo que tener sexo a demanda con Gillian podía ser la mejor de sus fantasías.

–No solo yo –contestó–. No me vas a decir ahora que he sido yo el único que quería que esto sucediera, que soy el único que se está preguntando cuándo y dónde será la próxima vez.

Gillian agarró su bolso.

–No estoy preparada para mantener esta conversación.

–No es propio de ti huir.

–Nunca he estado en una situación como esta. Necesito tiempo para pensar. No somos solamente tú y yo. Si sale mal, no vamos a poder irnos y ya está. Ahora estamos casados.

Max asintió. Él tampoco se había visto nunca en una situación como aquella, pero no sentía la necesidad de pensar en lo que estaba sucediendo.

–Podemos volvernos locos analizando la situación en detalle o podemos aceptarla tal y como es: una química maravillosa, casi perfecta. Podemos dejar que siga siendo así sin necesidad de darle veinte mil vueltas.

Gillian se dirigió a la puerta.

–Puede que sea así de sencillo para ti, pero yo necesito estar segura. Todo entre nosotros ha pasado demasiado deprisa, incluyendo esto –comentó confundida.

Qué extraño porque Gillian siempre tenía las cosas claras y no dudaba en exponerlas ante los demás. Esa misma Gillian había colocado una mano en el pomo de la puerta y parecía estar respirando para recomponer la compostura.

–Espera –le dijo Max yendo hacia ella.

La peinó como pudo con los dedos. Gillian se mordió el labio inferior y lo miró con una mezcla de diversión y amargura en los ojos.

–¿Parece que…?

Max asintió.

–Maldita sea.

–Espera un minuto. Date tiempo para que se te quite el rubor de las mejillas y del escote –le aconsejó acariciándole brevemente aquellas partes de su anatomía.

Gillian tragó saliva.

Max la besó brevemente porque era lo que le apetecía hacer, porque después de días de comedimiento, ahora que habían rotos las barreras, algo dentro de él cantaba de alegría.

–Las preguntas que le querías hacer a Rafe, me las puedes hacer a mí –le recordó apartándose.

Gillian se encogió de hombros.

–Es que lo que me interesa es su opinión personal –contestó tomando aire y abriendo la puerta.

Max la acompañó al vestíbulo del edificio y se dio cuenta de que Gillian titubeaba al ver a Maggie Cole, que le estaba entregando unos papeles a la recepcionista. Maggie se fijó en que Max llevaba agarrada a Gillian del codo.

–Hola, Gillian –saludó sorprendida.

Gillian negó con la cabeza.

–Luego nos vemos –le dijo a la secretaria.

–¿Sigue en pie nuestro café? –le preguntó Maggie.

–Por supuesto –contestó Gillian con demasiado entusiasmo antes de dirigirse a la puerta de la calle.

Max no sabía que se conocían, pero, a juzgar por la sorpresa de Maggie, Gillian no le había dicho que se habían casado.

Max le abrió la puerta a Gillian y, cuando hubo pasado a su lado, le puso una mano en el hombro.

–Nos vemos esta noche.

Los ojos de Gillian se fueron a los labios de Max, sonrió con picardía y asintió.

Capítulo Diez

–Pareces cansada –comentó Max, que la miraba desde la puerta del baño.

Gillian se irguió. Estaba sentada en el borde de la bañera, pasando la mano por el agua del baño de Ethan, que estaba jugando dentro. No era de extrañar que estuviera cansada, pues desde el encuentro que habían tenido en el despacho de Max hacía una semana sus noches se habían convertido en pura pasión.

–Desde luego, eres un auténtico especialista en conseguir que las mujeres nos sintamos bien –comentó como si nada, como si no le importara que Max pensara que estaba cansada, pero era cierto, lo estaba.

Max se quedó mirándola y Gillian sintió un escalofrío que le subía por la columna vertebral. Por muy cansada que estuviera, todavía reaccionaba a Max.

–¿Has cenado? –le preguntó Max.

–No, todavía no. Me iba a preparar algo cuando hubiera acostado a Ethan.

Max se quedó mirándola fijamente unos segundos más, hasta que Gillian se volvió incómoda hacia el pequeño.

–Se acabó el baño, pequeño, quita el tapón y arriba.

Max se acercó con una toalla. Mientras el agua se iba por el desagüe, Ethan se puso en pie y le tiró los brazos a su padre con total confianza, sin dudar ni un momento.

Max le había dejado un mensaje en el contestador a Gillian advirtiéndole de que no iba a llegar a tiempo para darle la cena a Ethan. Mientras el niño cenaba, Gillian había pensado que debería sentirse agradecida de tener un rato a solas porque, cuando Max estaba cerca, se ponía nerviosa y se sentía confusa. Sin embargo, al igual que Ethan, que lo echaba de menos y había preguntado por él, Gillian era consciente de que le gustaba estar con él y de que una parte insensible e intransigente de sí misma lo echaba de menos.

«Es sólo por tener compañía adulta», se dijo a sí misma sabiendo que era mentira.

Hacían cosas los tres juntos, planes de familia, pero también ellos dos, aunque, desde aquella vez que se habían visto en el despacho de Max, no se habían vuelto a ver fuera de casa. Nunca habían salido juntos, no se habían dejado ver en público e, incluso en casa, Max se mostraba muy introvertido y hermético.

Gillian sabía que la familia de Max había llamado para volver a verse, pero lo había oído poner excusas para no verlos. Y todavía tenía que contarle lo de Dylan.

Max tomó a Ethan en brazos y no pudo evitar fijarse en los senos de Gillian porque la camiseta que llevaba los marcaba de manera sensual, tragó saliva y se giró. Estaban acostando a Ethan cuando llamaron a la puerta.

—Ya voy yo —anunció Max.

Diez minutos después, Gillian lo encontró hablando con la señora McDonald, que se alegró mucho al verla. Por lo visto, incluso su octogenaria vecina había caído prendada de los encantos de Max.

—Ya iba siendo hora de que salieras —le dijo—. Qué gran detalle por parte de tu hombre el haberte preparado un plan. Me alegro de que tengas alguien que te cuide.

—¿Salir? —se sorprendió Gillian mirando a Max.

—Sí, vámonos —contestó él.

—¿A dónde? Pero si no estoy arreglada. Mira cómo voy.

Y Max así lo hizo, la miró de arriba abajo, sin pestañear, y Gillian deseó que no lo hubiera hecho porque, siempre que la miraba, su cuerpo reaccionaba.

—Llévate una chaqueta porque hace un poco de frío, pero, por lo demás, estás estupenda —le aseguró Max.

Una vez fuera, la tomó de la mano y a Gillian se le antojó un gesto natural y agradable.

—¿A dónde vamos? ¿Qué tienes planeado? —le preguntó en tono picarón.

Max sonrió.

—Confía en mí —contestó.

Gillian no dijo nada más. Max condujo hasta la

playa y, una vez allí, sacó una manta y una cesta del maletero y las llevó hasta la orilla, donde puso la manta e invitó a Gillian a que se sentara. El sol ya se había puesto, pero todavía había algo de luz y la temperatura era agradable.

Max sirvió una copa de vino y se la entregó a Gillian. El placer y la relajación la fueron embriagando mientras el agua del mar acariciaba la arena y ella se tomaba el afrutado vino blanco. Cuando se lo hubo terminado y, sin preguntarle si quería más, Max le rellenó la copa.

—¿Y todo esto a qué viene? –le preguntó ella.

—Es un regalo para ti.

—¿Para mí?

—Parecías cansada y tensa y quería ayudarte. No sabía si te iba a hacer gracia que nos fuéramos a pasar el fin de semana fuera, pero me pareció que este plan podía gustarte.

A Gillian le hubiera gustado poder decirle que se había equivocado, que no estaba cansada, pero lo cierto era que había acertado y que le agradecía que, además de haberse percatado, hubiera decidido hacer algo al respecto. Bajo la fachada de duro de Max, había ternura y preocupación por los demás.

—Gracias –le dijo–. Me encanta.

Max le pasó un plato de comida y Gillian dilucidó, por el delicado contenido, que lo habían preparado en unos de los mejores restaurantes de la ciudad.

No quería necesitarlo ni apoyarse en él ni disfrutar de su compañía porque sabía que esa relación unilateral solamente la podía llevar a sufrir.

–Come, bebe y relájate –le dijo Max.

Y para Gillian fue increíblemente fácil seguir su consejo. Casi un alivio. Dejó de pensar en su situación y se concentró en el momento, en la noche y en la presencia de Max, que tenía las piernas estiradas hacia delante, se había dejado caer hacia atrás sobre los codos y miraba al mar.

Después de cenar, dieron un paseo por la playa y Max volvió a agarrarla de la mano. Y Gillian volvió a sentir la importancia de aquel gesto. Cuando empezaron a brillar las primeras estrellas, decidieron volver al coche.

–¿Me vas a hablar de Dylan?

Max le apretó la mano y siguieron andando.

–No, ahora no.

Gillian tuvo la sensación de que lo que quería decir era ni ahora ni nunca.

–Me parece importante –insistió.

–No me apetece hablar de ello.

–Pero...

Max la tomó entre sus brazos y la besó para impedir que siguiera hablando. Gillian sabía que lo hacía para que se olvidara y dejara el tema de su hermano, pero ella no se iba a dejar distraer tan fácilmente.

Sabía que era una táctica de distracción y que no debía dejarse llevar, pero el calor que emanaba de su boca ahogó a su razón, sus labios le robaron las palabras y el aliento, sus manos la llevaron a un mundo donde solamente existían ellos dos. Y el silencio.

Max siguió besándola hasta que sus lenguas se enlazaron en una antigua danza erótica que conocían muy bien.

Gillian estuvo a punto de ponerse a llorar de lo mucho que lo deseba.

Max sabía cómo le gustaba que la besaran, cómo abrazarla y cómo tocarla. Max sabía casi todo de ella. Gillian sentía la palma de su mano en la cintura. Estaba caliente y ese calor era un calor familiar. Max siguió subiendo por debajo de su camiseta hasta encontrar uno de sus pechos y comenzó a jugar con el pezón, que le devolvió las caricias endureciéndose y dejando claro lo mucho que lo necesitaba.

Las caderas de Gillian se movían contra él mientras sus manos se deslizaron bajo su camisa para encontrarse con su ancha y maravillosa espalda.

Max la estaba besando a la luz de la luna y eso era lo único que importaba. Todo era perfecto. Permanecieron abrazados y besándose durante una eternidad y, si no hubiera sido porque estaban en una playa, aquel beso habría desembocado en algo más.

Max se apartó, poniendo fin al beso, se quedó mirándola como si significara algo para él, la tomó de la mano de nuevo y la condujo al coche.

***

–Aquí planeta Tierra llamando a Gillian.

Gillian dejó de remover el café y elevó la mirada. Maggie estaba sentada frente a ella, mirándola con curiosidad.

Solían quedar para tomar café de vez en cuando en el cafetín de la playa y aprovechaban para ponerse al día de sus aventuras y desventuras y quedaban para ir al cine. Aquel día, habían decidido sentarse fuera para aprovechar el solecito de primavera.

–¿Dónde estabas?

Eran buenas amigas, pero no tenían suficiente confianza como para decirle que su mente estaba en el despacho de Max, encima de su mesa, haciendo el amor. Lo cierto era que no tenía tanta confianza como para contarle aquello a nadie. Al ver a Maggie por primera vez desde lo que había sucedido en Empresas Cameron, le había hecho recordarlo.

–Estaba pensando en cosas de trabajo –contestó Gillian diciéndose que no era del todo incierto, pues aquel día había ido a ver a Max para hablar de trabajo… aunque hubiera terminado medio desnuda sobre su mesa de trabajo.

Una ligera brisa procedente del mar llegó hasta ellas y Maggie se llevó la mano a la nuca para comprobar que el moño seguía en su sitio.

–Y yo creyendo que estarías pensando en que te has casado y no me has dicho nada –comentó con cierta ironía.

Gillian dejó la cuchara en el platillo.

–¿Te lo ha contado Max?

–¿Max? –gritó Maggie–. ¿Te has casado con Max Preston? Claro, por eso estabas con él el otro día en la oficina.

–Entonces, no te lo ha dicho él... –recapacitó Gillian.

Maggie negó con la cabeza.

–¿Y cómo sabes que me he casado?

–Por la alianza –contestó Maggie señalando la mano izquierda de su amiga.

–Ah –dijo Gillian apartando la mano de la mesa–. Fue una decisión muy rápida.

–Ya me imagino, porque la última vez que hablamos de relaciones sentimentales dijiste que no querías saber nada de lo que concernía a los hombres. Dijiste que estabas demasiado ocupada, que no tenías ni tiempo ni espacio en tu vida para un hombre.

–Es una larga historia.

Maggie la miró con atención.

–Ya te contaré en otro momento –le dijo Gillian–. Ahora no me apetece, es demasiado...

–¿Personal?

–Iba a decir confuso, pero personal, también, sí...

¿Cómo explicarle a Maggie, una romántica empedernida, que se había casado sin estar enamorada, que se había casado porque Max no le había dejado opción, pero que, a pesar de ello, entre ellos había una potente atracción que la estaba arrastrando y llevándola a no sabía dónde?

–Cuando quieras me lo cuentas, no te preocupes, tómate tu tiempo –le dijo su amiga.

–Gracias.

–¿Y en lo que respecta al lado profesional? –quiso saber Maggie dando un largo trago a su café–. ¿Cómo afecta a tu trabajo el haberte casado con el director de relaciones públicas de Empresas Cameron?

–En nada –contestó Gillian–. Tenemos un acuerdo tácito según el cual no hablamos de nuestros trabajos.

Por eso, Gillian no se había sentido obligada a hablarle a Max del artículo que iba a salir publicado al día siguiente en el que volvía a cuestionar los motivos e intenciones de Rafe Cameron.

–Debe de ser duro.

–No, la verdad es que no. Soy perfectamente capaz de mantener el trabajo y el pla... y lo personal separado.

–Y todavía dices que piensas en el trabajo. Debe de ser que el tuyo es mucho más divertido que el mío –bromeó Maggie–. ¿Y qué tal va la disputa con Empresas Cameron?

¿Disputa? Buena definición para aquel enredo que estaba teniendo lugar, pero no con Empresas Cameron sino con Max, su marido.

–No es tan interesante, de verdad –le aseguró Gillian.

Era confuso, excitante y daba miedo. Eso sí, pero no debía seguir pensando en ello. Había quedado con Maggie para hablar con ella, para disfrutar con su amiga, no para seguir pensando en su relación con Max.

–Por lo que me has dicho por teléfono, es tu trabajo el que está a punto de ponerse de lo más interesante. Cuéntame.

Su amiga la miró con los ojos entrecerrados ante el repentino cambio de tema, pero accedió.

–¿Sabes quién es William Tanner?

–Sí, el director financiero que Rafe se trajo de Nueva York.

–Sí. Bueno, pues tiene una ayudante ejecutiva en Nueva York que se está haciendo cargo de su trabajo desde allí, pero necesita a alguien aquí y están buscando a una persona para que se ocupe de todo.

–¿Y te has presentado? Qué bien.

–Me lo estoy pensando.

–Maggie, te tienes que presentar.

–Quiero hacerlo, pero es un desafío muy grande, no tiene nada que ver con las labores de secretariado general que hago ahora.

–Tú puedes con eso y con mucho más –le aseguro Gillian mientras su amiga cortaba en dos una magdalena–. Hablamos de esto la última vez que quedamos.

Maggie era brillante y espabilada, pero lo ocultaba porque era muy modesta y, para colmo, escondía su belleza con trajes y gafas grandes.

Era una belleza.

–Sí, ya sé que estoy cualificada.

–¿Entonces?

–Es por él, por William Tanner, por la fama que tiene –confesó Maggie.

–¿Qué pasa? ¿Tiene cuernos y rabo?

Maggie se rió.

–Casi. Dicen que es horrible, que no hay quien lo aguante; es insoportable. Las secretarias personales no le suelen durar mucho. Cuando su secretaria de toda la vida se fue de baja por maternidad, las dos sustitutas que tuvo le duraron una semana cada una.

–Tú estás bien preparada y tienes herramientas para aguantar eso y mucho más. William Tanner tendrá suerte si te tiene de secretaria personal porque eres inteligente y capaz y estás preparada. Si él es la mitad de inteligente que tú, se dará cuenta rápidamente.

–Gracias.

–¿Por decirte la verdad? Cuando quieras –sonrió Gillian.

–¿Te puedo decir yo a ti una verdad? –se aventuró Maggie.

–¿Y si te digo que no? –contestó Gillian, a quien no le había gustado el tono de su amiga, pues ya imaginaba lo que iba a decir.

–Te lo diría de todas formas porque creo que debes saberlo.

Gillian suspiró.

–No conozco muy bien a Max, pero tiene fama de ser un hombre justo y de trabajar muy bien. Además, se puede hablar con él de todo lo que tenga que ver con el trabajo, pero, por lo que me han dicho, es muy celoso de su vida privada. Ahí no deja entrar a nadie. En eso, te pareces a él.

¿Cómo?

–Los dos compartimentáis vuestras vidas –continuó Maggie–. Lo que intento decirte es que creo que os iría bien si no os aisláis el uno del otro, si os abrís mutuamente.

Maggie no comprendía nada. Si no ponía muros a una parte de sí misma, impidiendo que Max entrara, corría el riesgo de perderlo todo. Una cosa era compartir su casa y su vida con él, incluso su cuerpo, pero, ¿su corazón?

No, su corazón tenía que protegerlo.

Max se sentó en la butaca de su despacho y hojeó la portada del *Seaside Gazette*. La sección de opinión de Gillian ocupaba la mitad de la página 2. Lo leyó y lo volvió a leer y se quedó mirándolo. Lo había vuelto a hacer. Una vez más. Pero esta vez la traición se le antojó algo personal. Atacar a Rafe y cuestionar lo que estaba intentando hacer en la comunidad era atacarlo a él también de una manera o de otra.

El trabajo de Max consistía en que la opinión pública estuviera de su lado y Gillian estaba haciendo todo lo que podía para que sucediera lo contrario.

Aunque no esperaba que se pusiera de su parte por haberse casado con él, por lo menos, le podría haber hablado de lo que iba a publicar, ¿no?

Cuando habían hecho el amor la noche anterior, ya sabía la puñalada trapera que le iba a asentar.

Max marcó el número del teléfono móvil de Gillian y le saltó el contestador. No lo entendía. Gillian era la persona con la que mejor se entendía físicamente, sin duda. Y también creía que mentalmente, pero lo que había hecho lo había sorprendido sobremanera.

Consultó su reloj y se dijo que Gillian estaría en casa dando de comer a Ethan. Le daba tiempo de pasarse a hablar con ella antes de la cita que tenía con un canal de televisión local. Tomada la decisión, se metió las llaves en el bolsillo, salió de su despacho y cerró la puerta tras él.

Un cuarto de hora después, abría la puerta de la casa que compartían y encontró a Gillian sentada con las piernas cruzadas en el sofá. Llevaba puestos unos pantalones de yoga blancos y una camiseta corta. Tenía el ordenador portátil sobre las rodillas y las cejas enarcadas, estaba concentrada. Se había recogido el pelo en una cola de caballo y un lápiz había ido a parar detrás de su oreja.

Era, sin duda, la mujer más cautivadora que conocía.

Max carraspeó y Gillian levantó la cabeza con la boca entreabierta.

Menos mal que Ethan estaba en casa. De lo contrario, habría olvidado para qué había ido.

–¿Dónde está Ethan? –preguntó.

–En casa de un amiguito de la guardería. Volverá a las tres. Lo siento –contestó Gillian–. No sabía que ibas a venir a verlo. Si no, te lo habría dicho antes.

–No he venido a verlo a él.

Gillian lo miró con los ojos muy abiertos.

–Y tampoco he venido en busca de sexo –le aclaró Max.

Gillian lo miró como si supiera que no podía dejar de pensar en ello, que ya la estaba viendo desnuda, que ya la tenía tumbada con las piernas abiertas en el sofá, dándole la bienvenida a su manera...

–¿Seguro? –lo desafió.

Max tuvo que volver a carraspear para concentrarse. Era un hombre disciplinado con mucho autocontrol y no iba a permitir que Gillian lo distrajera con el tema del sexo.

–Seguro.

Gillian cerró el ordenador y lo miró expectante.

–Entonces, ¿a qué has venido? –le preguntó alargando el brazo para dejar el ordenador sobre la mesa que tenía ante sí.

Para su horror, Max vio entonces que no llevaba sujetador y se llevó de regalo una vista panorámica de sus preciosos pechos y de sus sonrosados pezones.

–No he comido. ¿Quieres que comamos? –le preguntó Gillian volviéndose a echar hacia atrás.

–No –contestó Max desesperado–. He venido a hablar contigo sobre tu artículo de opinión.

–Ah –dijo Gillian estirándose como si nada, como

si no supiera que estaba excitado–. ¿Y qué pasa con mi artículo? –añadió, estirando los brazos por encima de la cabeza y quitándose la goma del pelo al bajar las manos.

Al hacerlo, los rizos le cayeron en cascada por los hombros y el cuello y Max percibió que le costaba pensar con claridad.

–Esto no es jugar limpio, Gillian.

–Estoy jugando según tus normas –contestó Gillian sonriendo con aire triunfal–. ¿No podríamos hablar de trabajo después?

Max sintió que perdía el control por completo. En tres zancadas se situó delante de ella, la tomó de los hombros y la besó. Dejó de hacerlo solamente para sacarle la camiseta por la cabeza. En pocos segundos, estaban desnudos y Max se movía dentro de ella, la penetraba, la poseía y se dejaba poseer. La necesitaba, necesitaba sentir sus piernas alrededor de la cintura y su calor interior.

Éxtasis.

Locura.

Los ojos de Gillian estaban nublados de pasión, tenía labios abiertos y la respiración entrecortada. Sus jadeos se fueron haciendo cada vez más intensos, desafiando a Max, que estaba al borde del descontrol, hasta que alcanzó el clímax y se desmadejó en sus brazos.

Entonces, Max se dejó ir también y la abrazó con fuerza.

Sabía que estar con ella era peligroso y que cada día que pasaba corría más riesgo, pero, cuando estaba con ella, lo único que le importaba en el mundo era ella. No tenía fuerza para aislarse.

Mientras la oleada de placer se iba haciendo más tenue, supo que más pronto que tarde tendría que encontrar aquella fuerza.

Capítulo Once

Gillian se estaba haciendo ilusiones, estaba empezando a soñar, estaba empezando a confiar en Max y en lo que tenían… aunque le daba miedo perder la parte de sí misma que había aprendido a no necesitarlo.

El sonido de su teléfono la sacó de sus pensamientos.

–Esta noche te voy a llevar por ahí –le dijo el protagonista de sus pensamientos–. Tenemos que hablar y tiene que ser en un lugar donde no nos distraigamos.

¿La estaba culpando de aquellas distracciones que les gustaban tanto a los dos? Admitía que lo había distraído aquella tarde para no hablar de su artículo, pero lo había hecho porque no quería discutir y porque lo deseaba. Lo deseaba a todas horas. Y él también se servía de ese deseo para no hablar de Dylan, así que no era quién para decir nada.

–Busca una canguro, llegaré a las seis y nos vamos.

Por una parte, Gillian se sentía agradecida de que Max quisiera invitarla a salir, pero se preguntó si aquel dar por hecho que iba a aceptar su invitación independientemente de sus propios planes querría decir que Max sabía lo mucho que le importaba.

–¿Y si no puedo? ¿Y si Ethan no se encontrara bien?

–¿Qué le pasa? ¿Le has llevado al médico? ¿Dónde está? ¿Por qué no me has llamado? –contestó Max muy preocupado.

–Tranquilo, tranquilo, a Ethan no le pasa nada, he dicho «¿y si no se encontrara bien?». Te tienes que dar cuenta de que, cuando hay niños de por medio, no se pueden hacer planes. Todo se somete a él. Tus necesidades y tus deseos ya no son prioritarios.

Silencio.

–Max, ¿sigues ahí?

–Olvídate de lo de salir. Llegaré pronto.

La estaba apartando. Gillian se dio cuenta rápidamente. Por su tono de voz. Estaba enfadado, no sabía si era con ella o consigo mismo, pero sintió la necesidad de hacer las paces. No podía dejar las cosas como estaban.

–¿Seguro? Ethan está jugando tranquilamente, está haciendo castillos con las piezas de montar en su habitación –le explicó, para que le quedara claro que no estaba enfermo, que estaba perfectamente–. He hablado hace un rato con la señora McDonald y me ha comentado que le han anulado su partida de bridge en el último momento, así que... vamos, que me encantaría salir contigo –añadió finalmente–. Hace demasiado tiempo que no salgo —concluyó feliz ante la idea de poder hablar a solas.

¿De verdad que no lo necesitaba?

Silencio.

—Bueno, si estás segura...

—Estoy segura.

Max llegó antes de lo previsto y se puso a jugar con Ethan hasta dejarlo tan exhausto que el niño no opuso resistencia a la hora de bañarse, cenar y acostarse.

Mientras tanto, Gillian tuvo tiempo de sobra para arreglarse. Y el resultado debía de ser bueno a juzgar por la mirada que Max le dedicó cuando bajó. Se había puesto un vestido negro por encima de las rodillas que moldeaba sus curvas y tenía un gran escote en pico.

Max la miró con deseo. Con deseo y con algo más. Y fue aquel algo más lo que llamó la atención de Gillian. ¿O serían imaginaciones suyas?

Max la besó lenta y suavemente cuando se reunió con él en la base de las escaleras, delante de la señora McDonald. Si no hubiera sido porque su vecina ya estaba allí, no habrían llegado a salir por la puerta.

Tras despedirse, dar unas instrucciones de última hora y cerciorarse de que la señora McDonald tenía sus móviles y de que todo estaba bajo control, Max la tomó de la mano y la condujo hacia el coche. En lugar de dirigirse hacia la zona de la playa donde estaban casi todos los restaurantes, se dirigió hacia las afueras.

–¿A dónde vamos? –quiso saber Gillian.

–Ya lo verás.

Un rato después, llegaron a un helipuerto privado. De allí, viajaron en helicóptero a un aeropuerto privado de Los Ángeles y, tras el vuelo, los recogió una limusina con conductor.

–¿Me vas a decir a dónde vamos? –insistió Gillian muerta de curiosidad.

–Ya lo verás –contestó Max sirviéndole una copa de champán.

Max llevaba una camisa negra y se había desabrochado el primer botón. Gillian sintió unas ganas irreprimibles de desabrochársela entera y acariciarle el torso, pero le había dicho que quería hablar con ella sin distracciones, así que se contuvo.

Gillian miró por la ventanilla. No reconocía la carretera por la que iban.

–Ten paciencia. Ya falta poco –le dijo Max.

Un cuarto de hora después, la limusina se paró ante una tienda iluminada.

–¿Una librería? –se sorprendió Gillian.

Max asintió mientras la observaba, pues sabía que a Gillian le encantaban las librerías. El chofer les abrió la puerta y se dirigieron a la entrada, donde los porteros estaban recogiendo las invitaciones. Gillian reconoció a una reportera de la CNN y a un diplomático británico que entraban delante de ellos.

Gillian reconoció el libro que estaban lanzando porque era de su autor preferido.

–¿Es el último libro de Tilsby? –exclamó.

–Pensé que te gustaría –contestó Max.

–Claro que me gusta, gracias –contestó Gillian agarrándolo de la mano para que se parara.

Max se encogió de hombros e hizo amago de seguir andando, pero Gillian se lo impidió.

–No hagas eso –le dijo mirándolo a los ojos–. Es importante. Me encanta Tilsby y estaba deseando que sacara nuevo libro. Me… emociona que me hayas traído a la presentación –le dijo sinceramente mientras avanzaban hacia la cola–. Es la primera vez que nos dejamos ver juntos en público, ¿te das cuenta?

–Tienes razón –contestó Max como si fuera consciente de ello.

–Entonces, ¿no lo has hecho adrede?

Max se giró hacia ella.

–¿Por qué me preguntas eso?

–Por nada… es que, como nunca nos han visto en público y sólo conozco a tu familia, me preguntaba…

–¿Te preguntabas si no sería que no quiero que me vean contigo?

Gillian sonrió tímidamente.

–¿Hemos tenido tiempo acaso de salir o de quedar con amigos?

–No –contestó Gillian sinceramente.

Max la besó delante de todo el mundo.

–No pienses eso ni por un momento. Estoy muy contento de estar hoy aquí contigo –le aseguró tajantemente.

Y se lo dijo con tanta seguridad que Gillian se tranquilizó y dejó de tener miedo. Estuvieron una hora en la fiesta, tomaron champán y algún canapé y Max le compró el libro de Tilsby y consiguió que se lo dedicara.

Después del cóctel, la llevó a un restaurante situado en las colinas, un lugar exclusivo con unas vistas espectaculares sobre la ciudad.

El *maître* los llevó hasta una mesa apartada. Max estaba bastante callado.

–¿Te ocurre algo? –quiso saber Gillian.

Max colocó el tenedor más cerca de su plato y lo volvió a alejar.

–¿Llamamos a la señor McDonald a ver qué tal está Ethan?

–Si pasa algo, nos llamará ella.

Max asintió y movió el pan un poco hacia la izquierda.

–Si quieres, la llamo –ofreció Gillian.

—Como quieras –contestó Max.

Así que Gillian la llamó. Durante la conversación, no dejó de mirar a Max y vio cómo se iba relajando, cómo se iba deshaciendo la tensión que lo había acompañado desde que habían salido de la librería.

Cuando colgó, Max le sirvió un exquisito vino tinto con el que brindaron por ellos mismos. Mientras lo probaba, Gillian se dio cuenta de algo.

–¿Qué te ha pasado esta tarde con lo de Ethan?

–¿A qué te refieres? –le preguntó Max tomando la carta–. El marisco aquí es excelente.

–Casi te da un ataque cuando has creído que podía estar enfermo.

Max la miró como quitándole hierro al asunto, pero no contestó.

–Y ahora insistiendo para que llamara a la señora McDonald.

–Será porque todo esto es nuevo para mí... –aventuró sin mirarla.

–Es muy normal que los niños se pongan enfermos. Les duelen los dientes, la tripa, se resfrían, tienen otitis, tiene fiebre a menudo. No pasa nada, es parte del proceso de desarrollo del sistema inmunológico.

–Claro –contestó dejando la carta sobre la mesa y mirándola por fin–. ¿Y cómo haces cuando se pone enfermo? ¿Cómo te las apañas? ¿Qué haces con el trabajo?

–Depende de lo mal que se encuentre. A veces llamo a la señora McDonald, a veces me quedo con él y trabajo desde casa y, a veces, pido una baja, qué remedio.

–Debe de ser duro.

–Me las apaño.

–No te lo digo como una crítica. Has hecho un estupendo trabajo. Ethan es un niño maravilloso, fabuloso.

–Gracias.

–Supongo que habrá habido momentos difíciles.

–Sí, ha habido momentos en los que conjugar todo ha sido difícil, pero todo pasa y no ha sido para tanto –contestó Gillian dándose cuenta de que Max había cambiado el tema de conversación–. ¿Estás seguro de que eso ha sido todo? Esta tarde me ha parecido que estabas al borde del pánico, lo que me ha sorprendido.

Max se echó hacia atrás en la silla, se cruzó de brazos y la miró con cierta distancia.

–A lo mejor me he asustado un poco –admitió–. Supongo que no estoy acostumbrado a los niños –añadió como si eso lo explicara todo.

Gillian sabía que le estaba ocultando algo, se le notaba tenso.

–Es más que eso –insistió–. Tú nunca te asustas. No es propio de ti.

–Bueno, ya ves que soy humano.

–Háblame de tu gemelo.

Max la miró muy serio. ¿No se había dado cuenta de que, tarde o temprano, le iba a preguntar por él?

–Esto no tiene nada que ver con Dylan –le aseguró.

En aquel momento, un camarero con acento francés acudió a la mesa a tomarles nota. El alivio de Max era palpable, pero Gillian no estaba dispuesta a olvidar tan fácilmente aquel asunto del que él no quería hablar.

–Háblame de él –insistió–. Por favor. ¿Cómo era? ¿Qué le pasó?

–No es el momento ni el lugar –contestó Max dándole un trago al vino.

–Yo creo que para ti nunca va a ser ni el momento ni el lugar, pero yo necesito saber que no te va a entrar el pánico con Ethan.

Gillian sabía que había sido un golpe bajo. Max la miró con rabia y dejó la copa sobre la mesa. Se decidió a hablar.

–Muy bien. Dylan murió mientras dormía. Se le paró el corazón debido a una infección vírica. Fue una semana antes de que cumpliéramos trece años. De repente. Se fue a dormir un poco pálido y ya no se despertó –le explicó sin emoción, mirando a la nada–. Eso es todo.

Gillian lo miró fijamente.

–¿Eso es todo?

–Me has preguntado qué pasó y te lo acabo de contar. Es más de lo que le he contado a nadie en más de veinte años.

Gillian no sabía qué decir, no podía comprender la enormidad de su pérdida. Le hubiera gustado alargar el brazo y consolarlo, pero sabía que no eran sus caricias lo que Max quería en aquellos momentos, porque estaba intentando mostrarse lo más hermético y cerrado posible, como si no tuviera sentimientos, así que Gillian decidió intentar abrirse hueco a través de lo mental, de las preguntas.

–¿Y cómo te afectó? ¿Cómo te sobrepusiste?

–¿Cómo me afectó? –repitió Max colocando las manos sobre la mesa para intentar dar muestras de estar relajado, apesar de que no era así–. ¿Tú qué crees? Me destrozó –contestó en voz baja–. Perdí a mi mitad.

–¿Por eso no querías tener hijos?

–Una parte de mí murió con él –contestó Max mirando el vino que quedaba en su copa–. Perdí la capacidad de amar.

–¿La perdiste o la negaste?

Max volvió a apretar las manos.

–Ya no la tengo, Gillian, así que vamos a dejar el tema.

Gillian no estaba dispuesta a dar su brazo a torcer por que Max se mostrara incómodo y poco comunicativo. Sabía que le haría bien hablar de ello. Les haría bien a los dos, así que no podía permitir que se cerrara.

–En casa de tus padres vi trofeos de tenis de Dylan y tuyos y, luego, trofeos de natación sólo tuyos –comentó.

Max apretó los dientes.

–Solíamos jugar a dobles y éramos buenos los dos. Cuando murió, dejé el tenis y me pasé a la natación.

–¿Y por qué elegiste la natación?

–Porque Dylan nadaba –reconoció Max–. Yo no, pero durante un tiempo hice lo que hacía él para intentar devolvérselo a mi familia. Además, mientras nadas, la gente no te puede hacer preguntas ni tienes por qué ver la compasión con la que te miran. Puedes pasarte horas en la piscina sin hablar ni mirar a nadie.

–Gracias –le dijo Gillian sinceramente.

–¿Ya está?

–Es suficiente por ahora.

Max suspiró aliviado y se relajó un poco, momento que aprovechó Gillian para colocar su mano sobre la de Max, que reposaba en la mesa. Qué alegría que no la retirara.

–A lo mejor algún día me puedes enseñar fotografías de él –le propuso mientras Pierre les llevaba los aperitivos.

–A lo mejor.

Aquel pequeño acuerdo le supo a victoria.

–Todas las fotografías que tengo de él están en casa de mis padres –recapacitó Max.

–No hay prisa.

–Me ha llamado mi madre esta tarde, por cierto. Quiere que vayamos el próximo sábado para que Ethan y tú conozcáis a Daniel y a Kristan y a su marido y a sus hijas.

–¿Y a ti qué te parece? –le preguntó Gillian mirándolo a los ojos.

–Te lo estoy diciendo, ¿no?

Max estaba de pie a un lado del escenario, observando cómo Ward Millar, la estrella de rock, encandilaba al público como el gran artista que era. En aquella ocasión, el público estaba formado por periodistas y reporteros de los periódicos, las revistas, las emisoras de radio y los canales de televisión locales, pero algunos tenían repercusión internacional.

Estaban sentados en las butacas del auditorio con sus cuadernos, sus bolígrafos, sus dictáfonos y sus cámaras, escuchando a Ward ensalzar las virtudes del proyecto La Esperanza de Hannah. El objetivo de aquel programa, llamado así en honor de la madre de Rafe, era mejorar la alfabetización y el nivel de estudios entre los más necesitados de la comunidad, muchos de ellos inmigrantes, adjudicándoles tutores.

Aunque el motivo oculto tras su creación había sido mejorar la imagen pública de Empresas Cameron, lo cierto era que el proyecto estaba cumpliendo con su cometido mucho mejor de lo que nunca se esperó, y se notaba.

Ward, que era amigo de Rafe, era el portavoz perfecto. Le daba contenido y credibilidad al proyecto porque él mismo tenía una fundación benéfica que operaba a nivel nacional, la Fundación Cara Miller, una fundación que había creado después de que su mujer muriera de cáncer de pecho.

Max había hablado con él varias veces y siempre le había gustado su nivel de implicación y la pasión que ponía en aquellos proyectos benéficos. Parecía realmente a gusto prestando su apoyo e incluso exponía nuevas ideas.

Max rastreó entre el público en busca de una persona en concreto. Y la encontró. Gillian. estaba muy atenta a las palabras de Ward.

Había sido casi un alivio hablarle de Dylan después de no hablar nunca con nadie de su hermano gemelo. Bueno, solo de vez en cuando con su madre, y porque insistía mucho, como había hecho Gillian.

También había sido un alivio que, una vez le hubo dicho lo que quería saber, hubiera dejado el tema. Sabía que la conversación no había terminado, pero le agradecía que le diera tiempo.

Se dio cuenta sorprendido de que se alegraba de haberse vuelto a encontrarse con ella, de que formara parte de su vida. Y, por supuesto, de tener a Ethan.

Gillian no se quejaba de los años que había estado sola con el niño, pero seguro que no habían sido fáciles. Ahora que él formaba parte de su vida, estaba decidido a hacerle la vida más fácil. Quería ayudarla en todo lo que pudiera, en todo lo que Gillian se dejara.

Con solo mirarla, Max sentía un gran cariño por ella. No podía evitarlo. Como de costumbre, el cariño fue seguido de algo más físico. Tampoco pudo evitar recordar la noche anterior y en cómo iban a pasar aquella misma noche en cuanto hubieran acostado a Ethan.

Ward terminó su alocución y abrió el turno de preguntas. Gillian levantó la mano y Max sintió que se le paraba el corazón. Por cómo estaba mirando a Ward, era obvio que iba a por él, que sabía algo y quería indagar.

Como tenían acordado no hablar de sus trabajos en casa, Max no tenía ni idea de lo que Gillian pensaba de aquel proyecto benéfico y no sabía qué iba a preguntar.

–Señor Millar, ¿qué tiene que decir a los comentarios de que el proyecto La Esperanza de Hannah no es más que una cortina de humo para lavar la imagen pública de Rafe Cameron y de su compra hostil de Industrias Worth?

El cariño que Max había sentido por ella se evaporó rápidamente.

Capítulo Doce

Hasta que no hubo transcurrido por lo menos media hora Max no pudo quedarse a solas con Gillian. Utilizó aquel tiempo para dilucidar qué se proponía Gillian. Tuvo que sacar a Ward de las instalaciones para ponerlo a salvo de algunos periodistas que no entendían ni respetaban la vida privada del artista y que lo persiguieron hasta su limusina.

Tal vez, Max tendría que haberse dado cuenta de lo que se proponía Gillian, pero no se lo había imaginado porque el objetivo de la rueda de prensa estaba bien claro: hablar de La Esperanza de Hannah.

Por supuesto, le había dicho a Ward lo que tenía que contestar si alguien le preguntaba algo así, pero nunca había imaginado que lo iba a hacer, precisamente, Gillian.

Si lo hubiera hecho cualquier otro periodista, no le habría molestado tanto, habría aceptado la pregunta, pues al fin y al cabo era inevitable, pero viniendo de Gillian le parecía un sabotaje personal.

Eso significaba que le importaba demasiado aquella mujer.

Eso significaba que tenía que encontrar la manera de parar aquello.

Al finalizar la rueda de prensa, le había pedido que lo esperara. Era primera hora de la tarde y Ethan estaría echándose la siesta con la señora McDonald, así que Gillian había contestado muy contenta que sí.

Se estaba despidiendo de un joven cuando Max se acercó a ella. Cuando lo vio, le sonrió. En otras circunstancias, aquella sonrisa le habría acelerado el corazón y, aun ahora, que sabía que no debía permitirlo, le afectaba.

—Estupenda rueda de prensa —lo felicitó—. Muy bien organizada. Ward tiene la mezcla perfecta de fama, enigma, encanto y tragedia personal. Rafe ha elegido bien. Es buena publicidad para la empresa, seguro.

—No gracias a ti —contestó Max.

Gillian lo miró horrorizada.

—Gillian, por favor, no te hagas la sorprendida. La rueda de prensa no ha salido bien por tus preguntas. Has sido la única que ha echado por tierra los beneficios del proyecto benéfico.

Gillian dejó de sonreír.

—He hecho mi trabajo, Max, exactamente igual que tú estabas haciendo el tuyo. Llevo seis meses con este asunto y alguien tenía que hacer esas preguntas.

—¿Por qué no me las has hecho en casa?

—Porque en casa no hablamos de trabajo para no discutir delante de Ethan.

–¿Por qué me haces esto? ¿Te estás vengando? –le preguntó Max mientras el personal retiraba los micrófonos y las sillas.

A Max le pareció ver un destello de ofensa en los ojos de Gillian, pero fue rápidamente sustituido por un brillo desafiante.

–Esto no tiene nada que ver contigo, Max –le aseguró, guardándose el cuaderno y el bolígrafo en el bolso.

–¿Cómo que no? Tiene que ver conmigo en el momento en el que estás dando al traste con mi trabajo –la contradijo.

Quería desesperadamente que aquella mujer se pusiera de su lado.

–Yo me limito a cumplir con mi trabajo –insistió Gillian.

–¿Qué vas a escribir en tu artículo de mañana?

–Sabes que no te lo voy a decir. Exactamente igual que hay cosas que tú no me cuentas a mí. Es estrictamente confidencial.

–Tienes razón, pero no es tan sencillo. La diferencia es que lo que yo hago no tiene repercusiones negativas en lo que tú haces. Rafe Cameron está intentando hacer cosas positivas para la comunidad, pero, si la gente se muestra escéptica o incluso hostil hacia él, no va a funcionar, eso no va a ayudar precisamente a la gente que está intentando ayudar, gente que es como sus padres eran. Gente humilde.

–¿Esa es la versión oficial?

–Es la verdad.

–Puede que sí, pero seguro que hay más. Hasta la verdad tiene dos caras.

–Prefiero que hablemos fuera –propuso Max señalando la salida.

Una vez fuera, se dirigieron a la playa, que estaba a un par de manzanas.

–A pesar de la maravillosa historia de Rafe, porque a todo el mundo le gusta eso de que alguien se haga millonario proviniendo de un entorno muy pobre, algunos nos preguntamos qué hay detrás de la compra de Industrias Worth, si no será una venganza. Podría serlo, ¿sabes? Apenas hay información sobre lo que piensa hacer con la empresa. De momento, lo que está claro es que La Esperanza de Hannah, aunque esté haciendo cosas buenas, es una fachada. Mi trabajo es, por lo menos, hacer preguntas.

Max no dijo nada. No podía. Gillian podía tener razón. Rafe no le había contado mucho, pero Max sabía que sentía rencor hacia los habitantes de Vista del Mar en general y hacia Ronald Worth en particular por cómo habían tratado a sus padres y que los culpaba de la muerte de su madre.

Según tenía entendido, Hannah y Bob, el padre de Rafe, habían trabajado para Industrias Worth hasta que ella se quedó embarazada. Cuando la gestación se hizo patente, los echaron a los dos porque la empresa no permitía que sus empleados mantuvieran relaciones. La joven pareja tuvo muchos problemas, sobre todo cuando a Hannah le diagnosticaron enfermedad pulmonar obstructiva crónica. Aunque las causas nunca quedaron claras, Rafe sospechaba que había sido debida a la inhalación de ciertos productos contaminantes utilizados en Industrias Worth. Como su familia apenas tenía recursos, no podía pagar un seguro médico, así que Hannah no recibió atención médica y murió cuando él tenía quince años.

Max y Gillian cruzaron a la acera que bordeaba el paseo marítimo.

—Esa es la diferencia entre nosotros —comentó Gillian—. Tu trabajo consiste en convencer a la gente para que piense lo que tú quieres que piense. El mío, sin embargo, consiste en darles la información para que se formen sus propias ideas. Te he hecho un favor dándole a Ward la oportunidad de disipar los rumores.

Cuando Gillian quería dejar claro algo que para ella era importante, irradiaba una pasión muy potente y aquella pasión hizo que Max pensara en otras pasiones que compartía con ella, pero decidió no decirle nada, no fuera a ser que creyera que estaba intentando distraerla, y se limitó a tomarla de la mano y a disfrutar de su contacto. Max continuó.

—Industrias Worth tenía graves problemas económicos —dijo sinceramente—. La única solución que había era que alguien la comprara. De lo contrario, habrían tenido que cerrarla y la ciudad se hubiera quedado sin industria y sin puestos de trabajo..

—Pero si Rafe la compra para, luego, venderla

por trozos al mejor postor, como dicen los rumores y él no ha desmentido, la ciudad seguirá quedándose sin nada.

–Eso no tiene por qué pasar.

–¿Ah, no?

–No puedo decir nada.

–Ya. Eso no quiere decir que no sepas más de lo que admites.

–Yo lo único que sé es que Rafe es un empresario muy inteligente capaz de volver a poner a esta empresa en órbita.

–Si quiere hacerlo.

Efectivamente, si quería, y eso sólo lo sabía el propio Rafe.

Gillian se apoyó ligeramente en Max mientras paseaban. En parte, porque le quitaba el viento y, en parte, porque le ayudaba a creer que todo era posible entre ellos aunque no estuvieran de acuerdo en algunas cosas. Una gaviota graznó y se lanzó al agua en picado. La tensión entre ellos fue aminorando a medida que paseaban.

–Sé que nuestros trabajos nos enfrentan, pero podemos esquivarlos –comentó.

–¿Y si lo dejas?

–¿Si dejo qué? ¿Quieres que deje de decirle a la gente que toda historia siempre tiene dos caras? –le preguntó Gillian amablemente.

–No, quiero que dejes de trabajar para el *Gazette*, que te quedes en casa y que cuides de Ethan.

Gillian se paró, se soltó de su mano y se giró hacia él para mirarlo de frente.

–Tú misma has reconocido que, a veces, cuando está enfermo, es difícil.

–Como para todos los padres del mundo, no soy la única.

–Yo te puedo mantener. Sabes que me lo puedo permitir. Me sobra el dinero. Yo creo que sería lo mejor para Ethan.

Gillian intentó absorber la enormidad de la propuesta.

–¿Lo dices en serio?

–Completamente. Es la solución perfecta.

–Así que hago unas cuantas preguntas que no te gustan y quieres que deje mi trabajo.

–No es eso. Lo llevo pensando desde que fuimos a la presentación del libro. Creo que sería lo mejor para nosotros.

–Querrás decir para ti.

–No, quiero decir para nosotros.

Lo peor no era que, efectivamente, lo dijera en serio, lo peor era que a Gillian se le antojó una idea tentadora durantes unos segundos.

Pero no podía ser.

–Max, no quiero depender de ti –le explicó–. Me gusta mi trabajo y el *Gazette* es el mejor periódico para el que he trabajado. Mi trabajo da sentido a mi vida, lo que me mantiene cuerda, y, sobre todo, necesito la independencia que me da.

–Sólo es una idea. Por lo menos, piénsalo. No tienes por qué tomar una decisión ahora mismo.

Gillian se dio cuenta de que no la había escuchado.

–No voy a dejar mi trabajo. Nunca –le dijo–. ¿Por qué no dejas tú de trabajar para Rafe? Si lo hicieras, no habría conflictos de intereses entre nosotros –añadió retomando la marcha.

–¿Te has enfadado? –le preguntó Max siguiéndola y tomándola de la mano de nuevo.

–Sí.

–¿Me vas a gritar? –le preguntó entrelazando sus dedos con los de Gillian.

–Quizás –contestó Gillian–. Si vuelves a sacar este tema, puede que te grite.

–¿Y podríamos tener sexo enfadado? –bromeó Max.

Gillian se mordió el labio inferior. Aquello no tenía gracia. No se quería reír.

–Podría haber sexo, enfadado por supuesto, después de que te hubiera gritado –contestó dejando que Max le pasara el brazo por los hombros y la atrajera hacia sí.

–También podrías gritar durante...

–Max, no estoy de broma.

–Lo digo completamente en serio.

Max entró en el despacho de Rafe.

William Tanner, el director financiero, ya estaba allí y, a juzgar por la seriedad de ambos hombres, ocurría algo.

–Cierra la puerta –le indicó Rafe.

Otra mala señal, pues Rafe siempre tenía la puerta abierta.

—¿Qué pasa? —le preguntó Max cerrándola.

Rafe le hizo una señal a Will con la cabeza.

—Todavía no lo sé seguro, pero me pareció que era mejor decírtelo.

Max esperó.

—Acabo de volver de Nueva York, así que todavía no me ha dado tiempo de mirar a fondo las cuentas de Industrias Worth, pero, por lo que he visto, parece que hay... discrepancias.

—¿Qué quieres decir?

—Que hay fondos que no están bien contabilizados. Hay asientos innecesarios, facturas falsas, cifras que no cuadran...

Aquello era grave.

—Lo que me estás diciendo es que...

—Hay dos posibilidades. Podría deberse a errores del sistema o a errores humanos porque hace seis meses se cambió la política contable de toda la empresa. De ser así, aunque no estuviera en los lugares correctos, el dinero estaría en la empresa.

—¿Y la otra opción? —quiso saber Max.

—Alguien se está sacando un sobresueldo —contestó Will.

—¿Desde dentro? —preguntó Max.

Will asintió.

Max no daba crédito.

—¿Quién y cuánto?

—Es demasiado pronto para saberlo. Pocos empleados tienen acceso a la información necesaria para hacer algo así, pero no quiero señalar a nadie hasta no tener pruebas.

Max se quedó pensativo.

–Queríamos que lo supieras –dijo Rafe.

–Si es un robo interno, y la prensa se entera, el departamento de relaciones públicas tendrá que hacerse cargo –concluyó Max.

Rafe asintió con solemnidad.

–Vamos a ponernos en lo peor para que pueda empezar a idear una buena estrategia si esta crisis se produce –les propuso.

Max estaba sentado frente a Ethan, viéndolo comer, pero aquella noche su mente no estaba completamente allí.

No podía dejar de pensar en Empresas Cameron. Nunca se había topado con una crisis con la que no pudiera y, normalmente, le gustaban mucho porque eran auténticos retos, pero aquella era diferente.

Que alguien de dentro estuviera robando…

Era horrible.

Gillian estaba haciendo algo en el fregadero y sus caderas se movían al ritmo de la música que sonaba en la radio.

–¿Te pasa algo? –le preguntó al girarse y verle la cara.

Max tardó en darse cuenta de que le hablaban.

–No, todo bien, gracias –mintió Max.

Le fastidiaba no poder hablar del problema con

ella. No podría hacerlo hasta que hubieran decidido la idoneidad de hacer público el asunto.

¿Y qué más daba? Si la situación se hubiera producido un mes antes, tampoco habría podido contar con la opinión de Gillian porque Gillian no habría formado parte de su vida y no habría pasado nada, así que, ¿por qué le molestaba no podérselo contar?

En cuanto Ethan se durmió, Max se fue a su habitación y encendió el ordenador. Ya no dormía allí porque la habitación de Gillian era mucho más divertida. Ahora, utilizaba la habitación de invitados para trabajar desde casa.

¿Casa?

Sí, aquella casa y sus habitantes eran importantes en su vida, más de lo que quería admitir, tal vez. No podía ser, pero era.

Max se dijo que debía dejar de pensar en ello y concentrarse en el trabajo, pero llamaron a la puerta.

—¿Te pasa algo? —le preguntó Gillian.

—No.

«Solo que te echo de menos», pensó fijándose en las curvas que marcaba el jersey de punto que llevaba.

—Parecías ausente en la cena —insistió Gillian acercándose.

—Es que tengo mucho trabajo —contestó Max cerrando el ordenador portátil.

–Ah –contestó Gillian.

Era evidente que entendía que había cosas de su trabajo que no quería que viera. Barrera.

–No puedo soportar no poder compartir ciertas cosas contigo –le dijo Max sinceramente.

–No pasa nada. Lo entiendo.

–Sé que lo entiendes, pero sigue sin gustarme –le dijo Max poniéndose en pie y mirándola.

–No vuelvas a salir con lo de que deje el *Gazette*, ¿de acuerdo?

–No lo iba a decir –le aseguró Max deslizando las manos por su cintura–. Te aseguro que ahora mismo lo último en lo que pienso es en el *Gazette* –añadió besándola en el cuello y avanzando por su oreja y su mandíbula hasta encontrar su boca.

A continuación, la tomó en brazos y la llevó a la cama.

Gillian se miró en los ojos de Max y vio un sentimiento tan cálido que se le paró el corazón. Le pasó los brazos por el cuello. Necesitaba sentirse más cerca de él, demostrarle que el mundo no importaba, que no iba a permitir que nada ni nadie se interpusiera entre ellos, así que se apretó contra él, muslos contra muslos, caderas contra caderas, sintió su erección respondiendo a su cercanía, a la promesa del placer.

Max sonrió encantado y Gillian lo besó lentamente.

Sin dejar de hacerlo, Max le quitó el jersey. Solo

dejó de besarla para sacarle la prenda por el cuello y dejarla caer al suelo. El sujetador cayó después. Sin dejar de besarla, le recorrió todo el cuerpo con las palmas de las manos como si quisiera aprenderse todos los recovecos de su anatomía. Desde los hombros a los pechos y los pezones, lugares de culto, pasando por su trasero y apretándose contra ella todavía más. Luego, le desabrochó los pantalones y Gillian lo ayudó a deslizarlos por las piernas abajo.

A continuación, Gillian se concentró en desnudarlo a él también, en disfrutar de su torso, en quitarle los pantalones, en acariciarle los muslos y en sonreír al ver lo preparado que estaba.

Se tumbaron en la cama, mirándose. Gillian pasó una pierna por debajo de él y lo abrazó con ambas a la altura de la cintura, colocó las caderas para que la penetrara y se hiciera uno con ella, lo que Max hizo lenta y exquisitamente.

Y continuó saliendo y entrando de su cuerpo, mirándola fijamente a los ojos mientras los suyos se iban cargando de pasión.

Hicieron el amor lenta y tiernamente. Fue casi como si fuera un sueño, pero el placer era real, era intenso y la embriagaba. Gillian le acarició la cara y supo que podría quedarse así para siempre, con el hombre al que amaba.

Aquel pensamiento prohibido de amor se abrió camino entre la magia sexual y se vio envuelto en el éxtasis, un éxtasis irresistible cuyo ritmo se fue haciendo cada vez más rápido, dándoles cada vez más placer, un placer que era tan fuerte que parecía imposible y escapaba de sus cuerpos en jadeos y gemidos.

Aquel ritmo era pura música, música que los llevó al clímax.

Capítulo Trece

Algo había cambiado desde que habían hecho el amor el día anterior, algo que Gillian todavía no quería pararse a examinar.

–¿Estás bien? –le preguntó Max dándose cuenta de que estaba demasiado callada, allí sentada en su lujoso coche, camino de casa de sus padres en Beverly Hills–. No tenemos obligación de ir. Podemos cambiar de idea.

–¿Cómo que no? –dijo Gillian apartando la mirada de la ventanilla–. Va a ir toda tu familia.

–Sí, pero podemos no ir si no quieres.

Gillian estaba menos nerviosa ahora que antes del primer encuentro aunque sabía que, de nuevo, habría escrutinio y preguntas, pero le había caído bien su familia y, además, ahora su relación con Max era mejor.

–Lo que me tiene preocupada no es tu familia –admitió.

–¿Entonces?

Lo que la tenía preocupada era no saber qué sentía Max por ella.

Sabía que la estimaba porque estaba pendiente de ella, se portaba de maravilla con Ethan y su relación sexual era estupenda, pero había algo más que sexo entre ellos, algo más profundo, más intenso, más tierno...

¿O estaba desesperada por no ser la única enamorada, como le había pasado la primera vez, cuando había creído que la relación que tenía con él era fuerte y tenía futuro?

—Nosotros —confesó.

—¿Nosotros?

—¿Hacia dónde va nuestra relación?

Era lo último que le hubiera gustado preguntar, pero era parte de su carácter, verbalizar todo lo que se le pasaba por la cabeza.

Max bajó la velocidad al llegar a una zona urbanizada. No sabía si eran imaginaciones suyas o no, pero a Gillian le dio la sensación de que agarraba el volante con más fuerza.

—Olvida la pregunta —dijo—. Sé lo que tenemos y lo que no tenemos. Sabía lo que iba a ser y, aun así, me casé contigo.

—Pero quieres más.

—No.

Ambos sabían que eso era mentira.

—Mamá —suplicó Ethan.

—Ya casi hemos llegado —le dijo Gillian girándose hacia el asiento de atrás—. Vas a ver al tío Jake —añadió con tono jovial—. Está un poco pálido. ¿Se habrá mareado?

—¿Quieres que pare? —le preguntó Max.

—¿Cuánto falta para llegar?

—Menos de diez minutos.

—Sigue, no pasa nada —contestó Gillian sin dejar

de mirar al pequeño, que ahora que tenía la plena atención de su madre parecía más contento.

–Vaya –comentó Max cuando llegaron.

–Ha venido todo el clan, ¿eh? –contesto Gillian fijándose en la cantidad de coches que había.

Laura salió a recibirlos.

–Qué bien que ya estéis aquí. ¿Habéis hecho buen viaje? ¿Dónde está mi nieto favorito? –dijo abriendo los brazos.

–No sé si se encuentra un poco mal –comentó Gillian.

–No, qué va, si está fenomenal –contestó Laura tomándolo en brazos–. Tiene buen aspecto.

El resto de la familia había salido también y miraba expectante, momento que Ethan eligió para vomitar.

Gillian estaba en el jardín con Kristan mirando a Ethan, que estaba ya completamente recuperado del mareo que le había provocado el viaje en coche y jugando alegremente con Lilly y Nicole, las hijas de seis años de la hermana de Max. Se les veía contentos.

Se había llevado bien con ella desde el principio, desde que le había ayudado a limpiar el vómito de Ethan y se había sentado a su lado durante la comida para que pudiera hablar de algo que no fuera béisbol.

Max estaba en el porche hablando con su madre. Parecía contrariado.

–¿Va todo bien? –le preguntó Gillian cuando Max se dirigió a su lado.

–Sí, es que mi madre me acaba de regalar un CD con las fotos de Dylan –admitió Max apesadumbrado.

–¿Las vemos? –preguntó Gillian.

–¿Ahora? –se horrorizó Max.

–Claro, Ethan se puede quedar con las niñas y con Kristan… –insistió Gillian.

La hermana de Max asintió, así que este no tuvo más remedio que llevar a Gillian a una salita donde estaban la pantalla grande y el proyector. Max lo preparó todo y se sentó a su lado, sorprendiéndola al pasarle el brazo por los hombros.

Estaba tenso.

Las fotografías estaban colocadas por orden cronológico. Empezaban con Laura embarazada, seguían con dos bebés vestidos de azul, cumpleaños y Navidades, funciones en el colegio y excursiones al campo.

–No parabais, ¿eh? –le preguntó Gillian al ver una en la que estaban los gemelos tirándose desde un árbol a un lago.

–Nada nos daba miedo –sonrió Max–. Creíamos que éramos invencibles.

–¿Un poco competitivos?

–Un mucho –contestó Max sonriendo más ampliamente.

Entonces, de repente, después de una fotografía en la que se veía a Max y a Dylan con el brazo el uno por encima de los hombros del otro, había una fotografía de un entierro y otra de una lápida rodeada de flores.

Gillian sintió que el corazón se le encogía. Permanecieron en silencio mientras la habitación se quedaba en penumbra.

—Cuando murió, no sabía muy bien qué hacer. Estaba acostumbrado a ser la mitad de un par. Una vez muerto mi hermano, yo ya no sabía quién era —reflexionó poniéndose en pie y abriendo las cortinas.

—¿Y cómo lo superaste?

—Pasé por todas las fases… rabia, negación, culpa… varias veces. Un buen día, me di cuenta de que jamás lo superaría, pero que tenía que seguir adelante y aquí estoy, con el vacío dentro todavía.

Gillian no dijo nada. No había nada que decir porque ella no podía comprender la profundidad de una pérdida así, pero se puso en pie y fue hacia él, lo tomó de la mano y se sintió bien porque Max la retuvo mientras iban en busca del resto de la familia.

Max había dejado que su madre lo convenciera para quedarse a cenar. Gillian sospechaba que lo había hecho para no quedarse con ella a solas.

Kristan se acercó y le tendió una copa de vino tinto y se rió al ver que sus hijas le estaban poniendo un vestido de hada a Ethan, que se dejaba hacer bajo la divertida mirada de su madre, que se había sentado en el sofá bajo del salón.

Gillian se estaba preguntando si habría forzado demasiado a Max obligándolo a enseñarle las fotos de Dylan. Tenía la sensación de estar metiendo la pata constantemente. Primero, le había preguntado por su relación, luego le preguntaba por Dylan...

–Gracias, me va a venir bien –le dijo a su cuñada–. Ha sido un día un poco largo –añadió pensando que Kristan y las niñas le habían ayudado mucho.

–Sí, en la comida te hemos hecho unas cuantas preguntas, ¿eh? –bromeó la hermana de Max.

–Prefiero hacerlas yo –confesó Gillian–. ¿Qué tal he estado?

–Bien –contestó Kristan riéndose–. Ya eres una más de la familia. Mi madre te va a estar eternamente agradecida porque has conseguido que Max viera las fotos.

–¿Cómo te has enterado?

–La noticia ha corrido como la pólvora. Max casi no habla de Dylan y no quería ver las fotos. Menos mal que contigo puede hacerlo. Ethan y tú le hacéis mucho bien. Ya temíamos que no fuera capaz de volver a amar.

Gillian dudaba mucho que Max la amara, pero a lo mejor sí querría algún día a Ethan.

–¿Te gustaría tener más? –le preguntó Kristan mirando al niño.

Gillian debería haber negado automáticamente, pero, al ver a Ethan jugando con las gemelas...

–Sí, ¿verdad? Se te nota –insistió Kristan.

–Sí, siempre he querido dos o tres –admitió Gillian girándose hacia la puerta al percibir unas pisadas.

Max la miró horrorizado, volvió a cerrar la puerta y se fue.

Capítulo Catorce

El trayecto de vuelta a casa transcurrió en un tenso silencio y, en cuanto acostaron a Ethan, Max se fue.

Gillian se quedó despierta esperándolo con la esperanza de poder romper la distancia que se había instalado entre ellos.

Esperó aguantando el aliento cuando lo oyó subir las escaleras mucho después y respiró aliviada cuando entró en la habitación y no se fue a la de invitados.

Max se metió en la cama a oscuras e hicieron el amor y Gillian intentó darle todo y decirle con su cuerpo lo que Max no quería oír de su boca, que lo amaba.

No había sido su intención enamorarse de él, pero había sucedido. Había sido como una semilla que cae en tierra yerma, pero consigue florecer y ahora era algo con vida propia.

Aunque Max no la quisiera, ella no podía hacer nada para evitar amarlo.

–¿Dónde está papá? –preguntó Ethan tres días después mientras su madre lo arropaba.

–Trabajando –contestó Gillian.

Eso era lo que el propio Max le había dicho las tres noches siguientes al día que habían pasado con sus padres, pero Gillian sospechaba que había algo más. Se iba temprano por la mañana, iba a casa a cenar con Ethan y se volvía a marchar, pero aquel día no había ido a cenar con el niño y Ethan ya había preguntado dos veces por él.

Al oír algo a sus espaldas, se giró y vio a Max en la puerta.

–Hola –los saludó a los dos.

–Léeme un cuento, por favor, papá –le pidió Ethan cuando Max se sentó en el borde de la cama junto a Gillian.

–Le acabo de leer yo uno, así que si no tienes tiempo… –le dijo Gillian.

–Claro que tengo tiempo –contestó Max–. ¿Cuál quieres? –le preguntó a Ethan.

–El de la excavadora, el de la excavadora –contestó Ethan sin dudarlo.

Para cuando Max hubo terminado el cuento a Ethan se le cerraban ya los párpados y bostezaba, así que sus padres se levantaron y le desearon buenas noches.

–Te quiero, Ethan –le dijo su madre besándolo en la frente.

–Y yo a ti, mamá –contestó el niño.

Max se agachó para besarlo.

–A ti también te quiero, papá –le dijo Ethan.

Max lo abrazó con fuerza, pero no contestó. A Ethan no le importó porque no esperaba una contestación, tomó su mantita azul y se acurrucó para dormirse.

Gillian y Max salieron de la habitación. En el rellano de la escalera, Gillian se volvió hacia Max.

–Max, yo también te quiero –le dijo.

Era absurdo seguir negándolo y necesitaba decirlo en voz alta, necesitaba que Max lo supiera. A diferencia de su hijo, ella sí necesitaba una respuesta… una respuesta que no llegó.

–Sé que, quizás, tú nunca me quieras y me da igual, de verdad –le aseguró para ponérselo fácil–. Lo único que te pido es que no te vayas.

–No me voy a ir, ya te lo dije cuando me vine a vivir aquí.

–Digo emocionalmente. Por favor. Ethan te necesita y… yo, también.

Max se quedó mirándola con una mezcla de horror y pena y se giró hacia la puerta de la calle.

–Quédate.

–Necesito salir.

Gillian se quedó mirándolo mientras salía de su casa. Oyó el coche poniéndose en marcha y alejándose y sintió un terrible dolor en el corazón. Creía que iba a ser capaz de amarlo aunque él no la quisiera, de amar por los dos sin necesitar amor a cambio.

Apretó los dientes y se negó a llorar.

Max se sentó en un taburete de la barra del club de tenis y pidió un whisky. Cuando el camarero se lo llevó, se quedó mirando el líquido y se preguntó cómo había llegado a aquella situación. Lo había planeado todo bien, casarse con Gillian, ser un buen padre para Ethan y hacerse un hueco en sus vidas.

Pero no en sus corazones.

No quería que lo necesitaran ni que lo quisieran y, sobre todo, no quería quererlos ni necesitarlos él a ellos porque no podía ser.

Max tomó el vaso y se dirigió a un rincón alejado de la música.

—Me han dicho que te has casado.

Era Chase Larson.

—Sí —contestó Max.

—Enhorabuena. ¿Va todo bien?

Lo que se traducía como «¿qué demonios haces aquí, bebiendo solo, cuando tienes una bonita mujer y un hijo estupendo esperándote en casa, pasa algo?».

Sí, Gillian lo estaría esperando y no le haría preguntas ni reproches, lo recibiría con los brazos abiertos y le ofrecería aceptación, cariño y comprensión.

Y amor.

Y él no quería amor.

Él quería barreras.

Él quería protegerse.

Miró por encima del hombro de Chase y vio a su mujer, Emma, que estaba embarazada e irradiaba felicidad.

—¿Qué tal está tu esposa? —le preguntó a Chase

porque sabía que Emma había tenido un accidente de coche hacía dos meses.

–Bien, gracias, ella y el niño están bien –contestó Chase mirándola con inmenso amor–. Bueno, te dejo, que había venido a por un zumo de naranja –añadió señalando el vaso que llevaba en la mano.

Max se lo agradecía porque necesitaba estar a solas para pensar.

–Eh, Max, a lo mejor me estoy metiendo en lo que no me llaman, pero… encontrar a Emma y estar a punto de perderla me ha hecho comprender que la vida es impredecible y ahora disfruto de cada segundo que paso con ella.

–Me alegro por ti –contestó Max.

Chase lo miró con compasión.

–Eres inteligente. Ya te darás cuenta –se despidió volviendo a su mesa.

Max volvió a su whisky. Él sabía perfectamente lo imprevisible que podía ser la vida, lo que dolía que alguien desapareciera de repente sin que te hubiera dado tiempo de darte cuenta de cuánto lo habías querido.

Gillian no le tendría que haber dicho que lo quería. Él no quería hacerla daño.

Max se miró en el cristal de la ventana y vio el reflejo de Dylan, sus ojos, y oyó su voz… «Cobarde» le dijo aquel hermano que no tenía miedo de nada.

¿Cobarde?

Max comprendió al instante. No temía hacer daño a Gillian, no, lo que le pasaba era que tenía miedo de volver a amar, de querer a alguien de nuevo.

Por eso había intentando bloquear lo que sentía por ella porque sabía que, cuanto más se quiere a una persona, más duele perderla.

Pero, si seguía comportándose como un bobo, la iba a perder y no podría soportarlo porque... lo quisiera o no, la amaba.

La señora McDonald había pasado a su casa en cuanto Gillian la llamó.

Llevaba un buen rato esperando a Max y ya no podía más, necesitaba irse a dar una vuelta, tomar el aire y pensar, así que se fue a la playa y aparcó en el mismo sitio en el que Max y ella habían aparcado cuando habían ido a hacer el picnic.

Gillian tenía la sensación de haberse equivocado en todo y no sabía hacia dónde iba a ir ahora su relación con Max.

En aquel momento, un coche aparcó al lado del suyo y el conductor se bajó y fue hacia ella.

¿Max?

Gillian tomó aire y le abrió la puerta.

–Tenemos que hablar –anunció Max sentándose a su lado.

–No hace falta que digas nada –contestó Gillian temiéndose lo peor.

–Sí, sí hace falta porque he cambiado de opinión en algunas cosas importantes –insistió Max.

Gillian se agarró al volante en busca de fuerzas.

«Que sea rápido, por favor», rogó en silencio.

–Me he comprado un coche nuevo –anunció Max.

Gillian lo miró estupefacta.

–De cinco puertas –continuó Max.

Gillian siguió mirándolo estupefacta.

–No lo estoy haciendo bien –suspiró Max mirando al techo del coche. Un día te pregunté qué haría falta que hiciera para que me creyeras cuando te decía que no me iba a ir y me dijiste que podía empezar cambiando de coche. Bueno, pues lo he hecho. Me he comprado un cinco puertas híbrido, pensando en el medio ambiente, para que nuestros hijos y los hijos de nuestros hijos tengan un buen planeta en el que vivir.

¿Nuestros hijos? Aquello disparó las esperanzas de Gillian.

–¿No te vas a ir? –le preguntó.

–¿Pero cuántas veces te voy a tener que decir que no? –contestó Max con cariño.

–Creía que te había ahuyentado por decirte lo que te he dicho –confesó Gillian.

–¿Lo de que me quieres?

Gillian asintió.

Max sonrió.

–Sí, me has ahuyentado, pero me ha venido bien porque me ha hecho reflexionar y tomar ciertas decisiones sobre nosotros para el futuro.

Nosotros.

Futuro.

Gillian sentía que el corazón le latía desbocado.

–No me gusta no poder compartir cosas del trabajo contigo, por ejemplo.

–Puedo buscarme otro trabajo... –ofreció Gillian dispuesta a sacrificarse con tal de que lo suyo funcionara.

Max le acarició la mejilla.

–A ti te encanta tu trabajo y no hay muchos periódicos tan buenos como el *Gazette* por aquí. Voy a ser yo quien cambie de trabajo. He estado hablando mucho con Ward acerca de su fundación, quiere abrir una oficina en la costa este y la voy a llevar yo. Me apetece mucho dar este giro a mi carrera –le explicó.

–¿Estás dispuesto a hacer eso por nosotros? –le preguntó Gillian.

–Sí, lo hago por ti, porque te quiero –confesó Max.

Gillian pensó que el sonido del mar le había hecho oír mal, pero Max le tomó el rostro entre las manos y se lo repitió para que le quedara claro.

–Gillian Mitchell, te quiero. Cuando Dylan murió, me di cuenta de que nunca le había dicho que lo quería. Teníamos trece años y a esa edad no vas por ahí diciéndole a la gente que la quieres. Me sentía tan culpable por seguir vivo que, desde entonces, no se lo he dicho a nadie. Gillian, tú has llenado el vacío que me dejó la muerte de mi hermano. Te quiero y quiero a Ethan. Quiero volver a casarme contigo, quiero que todo el mundo se entere de que te quiero, quiero que nuestras familias y nuestros amigos nos acompañen ese día para que sepan que voy a compartir mi vida contigo para siempre. Lo único que necesito es que me repitas esas dos palabras que me has dicho hace un rato.

Gillian lo besó lenta y dulcemente.

—Te quiero —murmuró.

Epílogo

Los primeros acordes del órgano dieron paso al silencio entre los congregados en la preciosa capilla de Beverly Hills. Mientras la luz del sol entraba por las vidrieras, las cabezas se volvieron para ver entrar a la novia.

Gillian avanzó por el pasillo con su maravilloso vestido de novia blanco de cola.

Estaba impresionante.

Cuántas caras, cuántos amigos.

Cuánta emoción.

En seis meses su vida había cambiado mucho. había dado un giro radical.

Su mirada lo abarcaba todo. La iglesia rebosaba felicidad. Todo el mundo sonreía.

Allí estaba Laura con toda la familia de Max, emocionados, con lágrimas en los ojos.

Gillian iba del brazo de su madre, que era la persona que la iba a entregar. Aunque nunca se había fiado de los hombres, Max le había encantado desde el principio, así que estaba feliz con la boda de su hija.

Al oír un ruido a sus espaldas, se giró y vio que Lilly y Nicole, ataviadas con sendos vestiditos blancos, estaban ayudando a Ethan, que llevaba un traje y corbatita, a quien se le había caído el cojín en el que iban las alianzas.

Menos mal que las habían enganchado con hilo transparente por si pasaba algo así.

Una vez resuelto el incidente, Gillian se volvió a girar en dirección al altar.

En el altar estaba también la señora McDonald, siempre dispuesta a ayudarla en todo.

Entonces, sus ojos se encontraron con los de Max y supo que siempre iba a estar allí para ella, que no iba a dejar de mirarse en ellos ni un solo día de su vida, y se dio cuenta de que no se podía creer lo feliz que era.

Lo felices que eran.

Max estaba serio y parecía orgulloso.

Gillian sintió que el corazón le explotaba de amor dentro del pecho.

Max estaba trabajando ya para la Fundación Cara Miller y estaba consiguiendo resultados maravillosos.

Hasta ella llegó el aroma de las rosas blancas que llevaba pegadas en el vientre, un vientre en el que ya se estaba gestando una nueva vida.

En seis meses, Ethan tendría un hermanito o una hermanita. Max estaba emocionado con la nueva llegada de su futuro hijo, no paraba de barajar nombres y ya estaba diseñando la habitación en su nueva casa.

Magnetizada por aquellos ojos azules que la miraban tan intensamente, como si fuera la única mujer, la única persona sobre la faz de la Tierra, Gillian se paró frente a Max, que la tomó de la mano y entrelazó los dedos con los suyos como si no la fuera a soltar jamás.

En el Deseo titulado *¿Farsa o amor?*,
de Yvonne Lindsay,
podrás continuar la serie
NEGOCIOS DE PASIÓN

Recuerdos de una noche

ANNE OLIVER

En un impulso nada propio de ella, Kate Fielding se concedió el capricho de disfrutar de una noche de sexo con un desconocido. Pero sus acciones comenzaron a perseguirla cuando descubrió que su amante apasionado era nada menos que su nuevo jefe, Damon Gillespie. Inmensamente avergonzada, Kate tuvo que volar por negocios a Bali con Damon, a un lujoso complejo de vacaciones. Kate quería demostrar que era una profesional, pero diez noches sensuales con su jefe pusieron a prueba sus buenos propósitos.

En la cama de su jefe millonario

¡YA EN TU PUNTO DE VENTA!

Acepte 2 de nuestras mejores novelas de amor GRATIS

¡Y reciba un regalo sorpresa!

Oferta especial de tiempo limitado

Rellene el cupón y envíelo a
Harlequin Reader Service®
3010 Walden Ave.
P.O. Box 1867
Buffalo, N.Y. 14240-1867

¡Sí! Por favor, envíenme 2 novelas de amor de Harlequin (1 Bianca® y 1 Deseo®) gratis, más el regalo sorpresa. Luego remítanme 4 novelas nuevas todos los meses, las cuales recibiré mucho antes de que aparezcan en librerías, y factúrenme al bajo precio de $3,24 cada una, más $0,25 por envío e impuesto de ventas, si corresponde*. Este es el precio total, y es un ahorro de casi el 20% sobre el precio de portada. ¡Una oferta excelente! Entiendo que el hecho de aceptar estos libros y el regalo no me obliga en forma alguna a la compra de libros adicionales. Y también que puedo devolver cualquier envío y cancelar en cualquier momento. Aún si decido no comprar ningún otro libro de Harlequin, los 2 libros gratis y el regalo sorpresa son míos para siempre.

416 LBN DU7N

Nombre y apellido	(Por favor, letra de molde)	
Dirección	Apartamento No.	
Ciudad	Estado	Zona postal

Esta oferta se limita a un pedido por hogar y no está disponible para los subscriptores actuales de Deseo® y Bianca®.
*Los términos y precios quedan sujetos a cambios sin aviso previo.
Impuestos de ventas aplican en N.Y.

SPN-03

El corazón de Poppy se rompió siete años antes, cuando el aristocrático Luca Ranieri le dijo adiós, eligiendo el deber por encima del amor.

Ahora, Poppy se encuentra en el castillo de su abuela en Escocia, atrapada por una violenta tormenta de la que también se ha refugiado un deliciosamente desaliñado Luca.

Durante dos días, encerrados y solos en el castillo, Poppy vuelve a entregarle su corazón. Pero con el final de la tormenta llegará la realidad… y Luca deberá elegir de nuevo entre su deber y sus sentimientos por ella.

Tormenta de escándalo

Kim Lawrence

Sin dejar de amar
HEIDI BETTS

Al encontrarse de nuevo con su exesposa, el millonario Marcus Keller no sólo descubrió que se seguía sintiendo profundamente atraído por ella: también que era padre. Vanessa estaba embarazada cuando se divorciaron, tuvo al niño y lo mantuvo en secreto. Era una traición que no le podía perdonar.

De ninguna manera iba a alejarse de su hijo y heredero. Pondría todo su empeño en ser educado con aquella encantadora panadera, que era una mujer dura de roer. Sin embargo, ¿habría sólo negocios entre ellos o Marcus cedería a su secreto deseo de hacer suya a Vanessa de nuevo… de una vez por todas?

Mentiras y nanas